Arne Rautenberg

Der Sperrmüllkönig

Roman

Hoffmann und Campe

1. Auflage 2002
Copyright © 2002 by Hoffmann und Campe Verlag
www.hoffmann-und-campe.de
Schutzumschlaggestaltung: Gundula Hißmann
Foto: photonica / Jens Haas
Satz: Dörlemann Satz, Lemförde
Druck und Bindung: Clausen & Bosse, Leck
Printed in Germany
ISBN 3-455-06150-8

Mußt du aufschreiben du darfst nicht einfach irgendein Wort auslassen das darfst du nicht du mußt schneller schreiben schneller schnellschnellschnell du mußt noch schneller sein du kannst dir doch gar nicht alles merken du hast bestimmt was ausgelassen oh bist du schnell kannst du doch gar nicht mehr lesen nachher.

Zieht eine dunkle Front auf, so zieht sie niemals vorbei. Du siehst sie nur, weil sie kommt.

Eine ereignislose Zeit erfordert eine angestrengte Wahrnehmung.

Hartmut Hellmann hält einen Schatz vergraben. Der Schatz seines Ichs liegt im Grab seines Ichs. Er ist sein eigener Wächter. Er wacht über seinen Tod im Leben. Und er wacht gut.

Einem bloßen Hausmitbewohner wie mir ist nur Redenähe gestattet, ein Eindringen in die unter- oder überfleischlichen Kammern der Persönlichkeit bleibt mir versagt. Ich denke, daß Hartmut nicht wirklich ist, als ich ihn das erste und letzte Mal sehe, daß Hartmut tot ist, ein Geist ist, der immer dort lebt, wo ich gerade nicht bin. Der sich nachts in der Straße mit Technikschrott seine Monumente baut. Hartmut ist sein eigener Toter, den er jeden Tag aufs neue beerdigt. Und mir bleibt nichts anderes, als ihm bei seinen Beerdigungen zuzuschauen, mir von ihm etwas abzuschauen. Der Tag soll ein guter Tag sein, sage ich mir, an dem ich etwas von einem Geist erfahre, dem die letzte Ruhe versagt bleibt. Man muß einem Geist, dem die letzte Ruhe versagt bleibt, mit offenen Augen und Ohren entgegentreten. Ein solcher Geist hat noch eine Mission, und wer weiß? Vielleicht ist man selbst Teil davon. Wer sagt einem, daß man noch einmal eine Chance bekommt auf solch einem Planeten, einem Kontinent, in solch einem Land, einem Bundesland, in solch einer Stadt, einer Straße mit der Hausnummer 7. Da wohne ich.

Und da wohnt er. Da touchieren wir uns Tag für Tag. Mustern uns mit unterschiedlichen Waffen für das, was kommt. Eine seiner Waffen ist sein Alter. Seine neunundvierzig Jahre haben mehr überlebt als meine zweiunddreißig. Eine andere sein Aussehen. Sein Gesicht hat etwas Jugendliches und zugleich Greisenhaftes, wie man es karikiert in holländischen Genreszenen des 17. Jahrhunderts findet. Dunkle Lücken klaffen aus seinem Mund beim Sprechen und geben der Physiognomie, wenn man sich traut hineinzusehen, etwas Offenes, Derbes.

Augen und Nase sind nicht auszumachen, die Augen fixieren unsichtbar, sind zum Wegsehen da, die Nase nimmt nur unscheinbar Fährten auf. Am auffälligsten ist das schütter-gelockte Haar, das sich Hartmut Hellmann mit beiden Händen an den Kopf drückt, wenn er verlegen zu denken und sprechen beginnt. »Ist das nicht schön, daß wir so dünn sind«, sagt er, »daß wir nicht so dick sind und so viele Kilos mit uns rumtragen müssen. Daß wir so sportlich sind, das ist doch schön. Und ich bin ja auch sportlich. Und das muß ich ja auch sein mit meinem Fahrradfahren. Das könnt ich sonst gar nicht. Da muß ich schlank sein zu.«

Ein schmaler Schulterschluß, der mir gefällt. Wir sind beide schlank, ich hab sogar in den letzten drei Monaten fünf Kilo abgenommen, einfach indem ich Cola-light statt Cola trinke, indem ich aufhöre Süßigkeiten zu essen, indem ich die Butter immer dünner streiche. Ich will noch schlanker werden, weil es besser ist, zu sein und dabei leicht zu sein. Die Schlankheit ist eine Waffe, mit der ich mich mit Hartmut duellieren könnte, doch mit Geistern soll man niemals um die Wette hungern. Das wird mir besonders klar, wenn Hartmut mir entgegengeht. Sein Gang ist knöchern und hüftsteif, wankend, watschelnd. Sein Gang ist unsichtbar bewaffnet.

Die schlagkräftigste Waffe allerdings ist sein Wesen, das nur aus vorgeschobenen Blockaden besteht, aus Barrikaden, durch die nur selten ein Licht, ein Laut dringt. Licht, das ich jage, Laute, die ich jage.

In meinem Arsenal finden sich Klebstoff und Lösungsmittel. Der Klebstoff der Neugier. Und das Lösungsmittel zur Verflüchtigung der Gedanken, daß sie sich aufschwingen, berauschen und benebeln. Eine Bühne namens Nähe, auf der ich täglich kleine Stücke für einen einzigen Zuschauer aufführe. Für ihn. Und wenn ich gut bin, gibt es einen Happen vom fremden Sein.

Das erste Mal höre ich von Hartmut, als ich, eben in die Wohnung eingezogen, der Hausverwalterin eine Videokassette in die Hand drücke. Da zischelt sie mir im Hausflur von dem Verrückten zu, der in unserem Haus lebt und durch die Briefschlitze guckt. Daß man sich vor so einem in acht nehmen muß. Daß er nicht ganz zurechnungsfähig ist. Daß er mehr so plemplem ist. Und bei plemplem macht sie eine wankende Handbewegung. Ich verstehe. Und fühle mich mit einem Schlag unwohl. Hier lebt also einer, denke ich, der sich für die Intimsphären seiner Nachbarn interessiert, dem Nähe und Vertrautheit so fremd sind, daß er sie von anderen über die Augen zu nehmen sucht, ohne sich dabei zu verkörpern. Dessen einzige Chance wahrgenommen zu werden in Entdeckung und Ächtung besteht. Wie sehen seine Erspähungen aus? frage ich mich. Bestenfalls bleibt der Späher selbst unbeobachtet. Und bestenfalls beobachtet er Disharmonie, dann ist ihm das Selbst wie das Außen. Oder anders gesagt:

Ich höre nur Tango, wenn ich traurig bin, dann lade ich das Ummich derart mit Traurigkeit, daß ich wieder auf einem egalisierten Level Tritt fassen kann. Bleibt doch immer der beste Trost, daß es anderen auch scheiße geht. Die schlimmste Briefschlitzbeobachtung ist das wahrgenommene Idyll trauter Zweidreiviersamkeit, das einen als unnatürlichen Krankwuchs außen vor läßt. Und wenn die Beobachtung dann noch zurückäugt, einen als vergnomt, verwichtet, verschrotet und verkornt, kurz, als das was man ist, wahrnimmt, dann ist ganz aus. Wenn ein Beobachter beobachtet wird, dann ist ganz aus.

Dabei gibt es allen Grund zum Lachen. Die Videokassette des Hausverwalterpärchens ist von intimer Sprengkraft. Wie sie in unsere Hände kommt: Irgendwie sehen Sina und ich aus wie Geschwister, so sehr mögen wir uns. Das Jahr ist noch vorfrühlingshaft und nimmt seinen Lauf.
Ich binde mir einen Zopf, steige in den abgelegten Anzug meines Vaters und lege Rasierwasser auf. Sina brezelt sich nicht minder, steckt ihr Haar hoch und weiß im knappen Roten genau zu gefallen. Wir gockeln scheu und overdressed in der abgewrackten Erdgeschoßwohnung, die wir ergattern wollen. Zu diesem Zweck sind wir nicht nur ein Ehepaar, sondern auch Arbeitskollegen. Sie Produktionsassistentin, ich Kameramann. Beide mit Festanstellung. Beide bei RTL. RTL, das kommt an. Zumal in dieser runtergekommenen Wohnung. Die Zwiebel-Tapeten haben schon wieder Chic, aber: »Hier wohnten dreißig Jahre Alkoholiker«, sagt der männliche Teil des Pärchens, das die Führung macht.
Alkoholiker sind immer auch starke Raucher, so daß die Wohnung ein verranzter Gilbschlund mit drei Gilbzimmer-

öffnungen ist. Aha. Immerhin: Sitzbadewanne. Das unbeheizte Ladenzimmer war bisher nur Abstellraum. Sieht noch genauso aus, wie es vor halben Ewigkeiten verlassen wurde. Der Schmutz der Jahre überzieht sorglos jeden Glanz. Hm. Ließe sich als exzentrischer Wohnraum kultivieren. Und Heizkörper statt Kohleofen. Sehr gut. Die Wohnung wollen wir, die Wohnung kriegen wir, Handschlag drauf. Er heißt Manni, sie Beate, vielen Dank. Die anderen Mitbewerber gehen von ganz allein.

Das Pärchen, das die Wohnung kommissarisch für einen Bonner Beamten verwaltet, schätze ich auf Mittende Dreißig. Den Mietvertrag unterschreiben wir in ihrer Wohnung, die von nun an über unserer liegt. Beletage. Kein Kommentar zur Deckenvertäfelung der billigsten Art, über die sich lustig zu machen nicht lohnt, weil es zu einfach ist. Und doch lege ich einen Augenblick zu lang meinen Kopf in den Nacken und verharre in den Kassetten der Decke, die drohend römische Imperialmacht nachahmt. Was für eine Anmaßung, denke ich.

Wir tauschen ein paar Freundlichkeiten, stoßen etwas Spumante aneinander, schlucken und verdauen die neue Situation. Wir reden über unsere Beschäftigungsverhältnisse, erhöflichen uns, ein paar belanglose Fragen zu stellen, die belanglos abgelauscht, belanglos beantwortet, belanglos kommentiert werden. Immerhin, sie sind just verheiratet, und ihre Hochzeitsreise ist noch ganz Lebensmittelpunkt. Als Manni eine gute Idee hat.

»Mensch Beate, wo haben wir noch gleich unser Hochzeitsvideo?« »Hat Mutti unters CD-Regal gestellt«, kommt es von ihr zurück. Manni greift ans Buchlederimitat der Kassettenhülle und gibt die Losung. »Hier, könnt ihr ja mal mitnehmen und uns irgendwann wiedergeben.« Das irgendwann ist dabei so ausgesprochen, daß man genau weiß, wenn es übermorgen nicht wieder oben ist, wird's zum Delikt mit dem Namen Gesprächsthema Nummereins.

Also braven wir uns, in unsere Wohnung zurückzukehren, nicht ohne uns im Gedanken schon mal die Händlein zu heizen. Na, wenn das kein Fest wird. Und ein Fest verdient vor allem eines: Festlichkeit. Wir machen es uns richtig gemütlich mit Originalzuckercola und Spinatpizza-Crossa im Bett. Zack: Glotze an und rein in den Videoschlund mit der reinen Vorfreude. Schwarzbild. Zwei blaue Fische schwimmen aneinander, küssen sich und werden zu zwei ineinander verflochteten Goldringen, in denen die Worte Manni&Beate rosa aufglimmen, der Untertitel ist das Hochzeitsdatum. Gold gestanzt wie eine düstere Prophezeiung. 9. 9. 1999. Die Wucht der Privatgeschichtsschreibung. Was jetzt beginnt, ist ein Roadmovie. Die legendäre Tour mit einer Limousine durch die Staaten. Von Motel zu Motel. Genaugenommen bestehen die Staaten für Manni&Beate nur aus Florida, denn von dort weht der Wind echter Sehenswürdigkeit. Disney-World, Sea-World, Universal Studios, Kroko-World, Bush Gardens, Islands of Adventures undundund. Manni&Beate nehmen alles mit. Nur das Nichts bleibt aus. Von einem kulturellen Tschernobyl ins nächste. Das also ist Amerika. Einfach die Handkamera in Totale draufhalten, das einfrieren, was sich dort tagtäglich für Tausende von Touristen wiederholt. Tausche Sensatiönchen gegen Touristengold. Wundersames Land. Nur im Schnelldurchlauf erträglich. Hier geht ein Traum in Erfüllung. Die Höhepunkte des Hochzeitsfilms sind die Zwischenspiele in den Motels. In einem Mickey-Mouse-Zimmer kommt es zu folgender Szene. Manni versteckt sich immer wieder hinter einer ionischen Säule, während Beate mit lautem Gackgack versucht, ihn ins Videobild zu bekommen. Hat sie ihn mal für eine Sekunde im Sucher, ist der Autofocus zu langsam, hat der Autofocus die Schärfe, ist Manni schon wieder hinter der Säule. Der Autofocus will sich einfach nicht mehr einkriegen und fährt hirnlos hin und her. Den Höhepunkt des Films gibt allerdings Beate im schwarzen Negligé. Sie lehnt sich entspannt ins Kopfkissen, klappt eine große kunstlederne Mappe auf, sieht hinein, wartet zwei strategische Sekunden und sagt in die Kamera: »T-Bone-Steak. Nur drei Dollar fünfundneunzig.«

Anderntags treppe ich mit der Videokassette hoch, schelle Beate an die Tür und meine: »Hey, Beate. Wirklich dolle Hochzeitsreise. Respekt. Und daß die T-Bone-Steaks dort so billig sind …« »Ja«, sie darauf, »das hat mich auch so umgehaun. Wir haben fast jeden Abend Steak gegessen. Manni hat richtig drei Kilo zugelegt.« »So möcht ich auch mal drei Kilo zulegen«, sage ich.

Ich denke, daß der nicht wirklich ist, den ich hier zum ersten Mal sehe und der mir entgegenhält, was ich den ganzen Tag gesucht. Ich weiß sofort, wer mir hier gegenübersteht. Der Briefschlitzgucker. Eine Reiseschreibmaschine. Die Wohnungstür ist offen. Mein Mund ist offen. Ich stehe im Bademantel im Türrahmen. Der vor mir steht, drückt mir die Reiseschreibmaschine wie einen knappen Gruß in die Hand. Ein flüchtig an mir vorbeigehauchtes »für dich«. Atemlos. Schon ist seine Schuhsohle auf der ersten Treppenstufe, das heißt weg. »Danke«, murmel ich mehr mir als ihm.

Sina liegt im Bett. Ich zeige ihr die Reiseschreibmaschine. Sie faßt es nicht, ich fasse es nicht, wir fassen es beide nicht und doch fassen wir ans Metall der Mechanischen. »Sag mal, hast du die nicht heut morgen schon auf dem Flohmarkt in der Hand gehabt?« fragt sie. »Ja, ich glaub schon. Aber war die nicht total verdreckt? Ich erinnere mich, daß sie schwer verdreckt war und daß ich sie deshalb nicht kaufen wollte, nicht mal nach dem Preis mochte ich fragen. Aber die hier ist blitzblank. Wie kommt's?« »Keine Ahnung. Der Typ wird uns beobachtet haben und wollte dir 'ne Freude machen. Vielleicht 'ne Art Einzugsgeschenk.« 'ne Art Einzugsgeschenk, denke ich. Der Typ beobachtet uns. Den muß man im Auge haben. Den muß ich gegenbeobachten, damit es kein Ungleichgewicht gibt. Spion gegen Spion. Wenn zwei sich auskundschaften, wissen beide mehr voneinander. Haben beide mehr voneinander. Haben beide mehr von sich. Wenn zwei sich auskundschaften, wissen beide weniger von Dritten. Weniger kann manchmal mehr sein. Intensiver leben, intensiver wahrnehmen. Ich werde den im Auge behalten, der mich im Auge behält. Und ich werde meine Beobachtungen fixieren. Werde sie aufschreiben. Meine Waffe die Reiseschreibmaschine.

In ihren ballonseidenen Jogginganzügen bremsen Manni&Beate die gesunde Entwicklung des Hauses. Das wird mir in den ersten Wochen und Monaten in der neuen Umgebung klar. Der Hof ist in zwei Hälfen geteilt. Die Mülltonnenhälfte und die Rasenhälfte. Ein Zaun mit Tor trennt beide voneinander. Das Tor bleibt abgeschlossen. Offizielle Begründung der Beletage: Die Benutzung des Gartens ist nur den Hausverwaltern gestattet. Ihnen obliegt die Grünpflege. Die freilich nie stattfindet. Inoffizielle Begründung, die mir Beate flüsterlich ins Ohr haucht: »Der Verrückte soll dort keinen Unfug treiben.«

So vereinsamt und verloddert die Gartenhälfte. Stattdessen hecken Manni&Beate an einem Plan, die Mülltonnenhälfte des Hofs aufzumotzen. Die eine große graue Hausmülltonne tauschen sie gegen drei kleine graue Hausmülltonnen. Angeblich weil's billiger ist. Nun poltern die Müllmänner, die frühmorgens um sieben freudig das Haus aus den Federn klingeln, als Troika durchs Treppenhaus. Aufwachen nicht nur erwünscht, sondern garantiert. Als ich dann noch in meinem Zimmer sitze und höre, wie Manni den verrückten Hartmut anschreit, weil der eigenmächtig die Graffitis an der Hausfassade übermalt hat, ohne ganz den Farbton zu treffen, verabschiede ich mich von meiner Sympathie für Manni&Beate. Ich finde, daß beige auch braun ist und beschließe, in einem kleinen Racheakt ihren ballonseidenen Partnerlook abscheulich zu finden. Mit jedem Monat, der vergeht, widern mich Manni&Beate mehr.

Ich blicke aus dem Fenster auf die Straße. Manni bringt das Faß zum Überlaufen. Er wechselt auf offenem Straßenparkplatz das Öl seines Hondas. Das Altöl fließt in eine flache Plastikwanne, wie man sie zum Entwickeln von Fotos benutzt. Oha, denke ich, das guck ich mir an, was der jetzt mit dem Altöl macht. Und als er mit voller Wanne durchs Haus wandelt, die Zunge schön am Geradehalten, drücke ich mich vom Türspion ab und renne ans Hinterhoffenster. In aller Seelenruhe, die ein dummer Kopf in der Lage ist aufzubringen und die ihm in allen Jahrhunderten das Überleben sichert, öffnet Manni den Deckel der blauen Papiermülltonne und gießt das Altöl ein. Klappe zu und ab nach oben. Er bepoltert eben die Flurdielen, als ich beschließe, ganz Umweltspießer und Anonymus, zum Telefonhörer zu greifen. Drei halbe Stunden später schellt über unserer Decke gedämpft der Zweitongong. Ich klebe am Türspion. Zwei Uniformierte durchmessen den Hausflur, stockaufwärts. Es kommt zum Gerede, das, obwohl es zum Wortgefecht schwillt, vor meinen Ohren verhallt. Doch den Anblick, als Manni der Büßer, links und rechts von Polizei umrahmt, den Deckel der Papiermülltonne klappt, ist mir Lohn genug. Ich kichere ein kleines Verräterkichern und wohle mich auch nicht so recht in meiner Haut, das verrät mir mein Schleichen und Flüstern. Das geflüsterte Selbstgespräch. Ich will von mir nicht wahrgenommen werden als der, der ich in diesem Moment bin.

Das Ende von Manni&Beate im Haus beschleunigt sich. Erst werden sie immer leiser. Dann werden sie noch leiser. Nicht einen Mucks hört man mehr von ihnen. Schließlich ziehen sie sich aus ungeklärter Ursache aus der Wohnung raus. Die Beletage steht für mehrere Monate leer.

Der Auszug der Hausverwaltung beschleunigt meinen Kontakt zu Hartmut Hellmann. Vorerst kommunizieren wir nonverbal und zaghaft. Ein besserer Geist weht nun durch die Gemäuer. Immer wenn ich von der Straße in den Hauseingang biege und meine Jackentaschen nach dem Schlüsselbund abklopfe, springt der Türsummer an. Ich drücke die Tür dann auf. Ich gehe in den Hausflur. Ich denke nicht darüber nach. Kaum, daß es mir auffällt. Ich nehme den Service als surreale Selbstverständlichkeit. Einzig der Postbote läßt eine Bemerkung fallen, die mir die Abstrusität dieses Services bewußt macht.

Da ich von der Post abhängig zu werden beginne, ist es mir ein Höchstes, den Postboten zu beobachten, wie er sich mir Tag für Tag nähert. Ich sehe ihn am frühen Nachmittag die andere Straßenseite abarbeiten, beluge dann aus den Augenwinkeln, wie er mit seinem Handkarren die Straßenseite wechselt, wie er herankommt an meinen Briefschlitz. Wenn ich die Nähe eintreffender Botschaften spüre, hält mich nichts mehr. Ich drücke mein Auge an den Türspion und verhalte mich still. Ich höre, wie er den Karren abstellt, wie er in den Hauseingang steigt und – da geht auch schon der Geistersummer. Der Postbote tritt vor meine Haustür, öffnet die Klappe des Briefschlitzes, schmeißt die Papierware ein, und – ich fange sie auf, bevor sie den Boden berührt. Mein Frühnachmittagsritual. Mein verspäteter Frühsport.

Einmal, als es kräftig regnet, ruft der Postbote laut »Danke Hartmut!« ins Treppenhaus. Der Geistersummer ist Hartmut. Hartmut hat die Straße im Blick. Sieht er jemanden, von dem er weiß, daß er das Haus im Begriff zu betreten ist, schätzt er die Türerreichrestzeit ein und wetzt ab an die eigene Haustür, um den Summer zu betätigen, damit etwas passiert. Damit er etwas auslöst. Damit er etwas auslöst, das in seiner Macht steht. Damit etwas passiert, das anderen Sekunden schenkt. Eine Minimalherrschaft vom Schlag des großen Herzens. Mehrere Wochen bedenke ich Hartmut mit einem nie ausgesprochenen Spitznamen. Der Geistersummer.

Das Anreden fällt mir schwer, wenn wir uns begegnen. Meist kreuzen wir uns im Treppenhaus. Wenn ich die Wohnung verlasse oder betrete. Dann lehnt sein Fahrrad am Antrittspfosten des Treppengeländers. Und aus dem Keller, dem Flur, dem Hof hört man sein Schnaufen. Selten dauert es mehr als zwei Wimpernschläge, bis man ihn zu Gesicht bekommt. Das Anreden fällt mir schwer, weil ich nicht weiß, als was ich seine Person wahrnehme. Was ist dieser Typ? Ein

Unberechenbarer? 'ne Witzfigur? Ein geistig Zurückgebliebener? Ein Verrückter? Oder ist er nicht wirklich? Ein Geist? Ein Test?

Wir beginnen zu kommunizieren. Ich entscheide mich für Herr Hellmann und Sie, um ein wenig Achtung im Spiel zu halten. Jedes Gespräch beginnt mit einer von ihm vorgetragenen Einschätzung des Wetters. »Ein Wetter ist das wieder«, sagt er. »Ja«, sage ich, »es ist scheußlich kalt geworden. Waren Sie schon unterwegs?« frage ich und weise auf das angelehnte Fahrrad. Doch Herrn Hellmann ist nicht nach Beantwortung von Fragen. Er walzt stattdessen sofort weiter übers Wetter. »Das wird auch nicht mehr besser. Was meinst du. Morgen kommt der Weihnachtsmann.« Und während die feuchte Luft einem schon im Treppenhaus unters Unterhemd kriecht und lachend die Nieren mit kalten Händen umfaßt, läuft dem, der sich diesem Wetter bereits ausgesetzt hat, der Schnodder aus der Nase und leckt auf den Terrazzoboden. Ein Wetter ist das wieder.

Verrückter Satz eigentlich. Etwas, das wieder ist, wie es war. Ein Wunder. Das Wetter. Das Sein. Die Wiederholung. Ein Wunder der Natur. So wunderbar, daß es jeder Litanei banalen Geredes vorabsteht. Überhaupt leistet das Wetter für die menschliche Konversation Ungeheuerliches. Hunde müssen sich für derlei »Gesprächsanfang« erst am Hintern beschnüffeln. Wie geht's dir? Bist du gesund? Was bekommst du zu essen? Hast du Lust mit mir zu spielen? Menschen hingegen brauchen nur eine Bemerkung übers Wetter fallenzulassen, etwa: Ein Wetter ist das wieder. Das kann man lax dahersagen, ohne Auf- und Anblick, das kann man einfach mal ins Treppenhaus werfen, auf die Straße oder sonst wem in den Kopf. Und der kann dann überlegen, ob er Lust hat, das Wetter zu kommentieren oder anders gesagt, ob er Lust hat auf ein Gespräch. Wenn nicht, dann tut es schon ein mit leichtem Atem eingesogenes, knappes Ja. Und wenn doch, kann eine richtige Breitseite geschossen werden: »Also mein Mann sagt immer«, sagt die freundlich aufgeschwemmte Nachbarin, die ungelogen Rosette Deutschbein heißt, »das Wetter ist wie es ist und egal wie es ist, es ist niemals richtig.« »Kann es auch nicht sein«, sage ich, »denn das Wetter ist ein Synomym fürs Leben. Egal wie es ist, es ist auch niemals richtig. Es gibt so viele Dinge, die man verpassen wird, gerade verpaßt oder längst verpaßt hat. Man macht so vieles nicht. Man kann so vieles nicht. Und die Pointe: Es ist gut, so wie es ist, daß es, egal wie es ist, niemals richtig ist. Das ist schon ein raffiniert ausgetüftelter Schwebezustand, in dem die menschliche Konzeption hängt. Denn wie langweilig ist der Mensch für andere, der wirklich das Gefühl hat, immer richtig zu sein, ganz im fetten Glück zu schwimmen. Dem ist die Endlichkeit der Dorn, der ihn zum Platzen bringt. Und dann ist außer Luft und Spesen nichts gewesen.«

Derlei Vortrag kann man halten und in den Tag weiten, wenn das Gegenüber den Wetterhahn im Kopf anhaucht.

Mit Hartmut Hellmann geht das nicht. Die von ihm bestimmte Konversation ist simpel und knapp. An seinen Wetterfloskeln hängt meist noch eine Abstrusität, die jede weitere Konversation unmöglich macht, da kaum jemand gelernt hat, auf Abstrusitäten adäquat zu antworten. Was soll man schon auf »Und morgen ist wieder Ostern« antworten? »Und übermorgen Western« vielleicht. Doch darauf kommt man in solchen Momenten nicht.

Herr Hellmann und Sie gefällt mir nicht mehr. Wenn ich geduzt werde, kann ich erstens schlecht siezen und zweitens kann ich den gut duzen, der in Mülltonnen wühlt.

Eines Dämmerabends sehe ich einen Häuserblock weiter Struppelhaar und kurz danach Hartmut aus einer Berberitzenhecke herausäugen. Hinter der Hecke stehen die Müllcontainer des Blocks. Ich sehe, daß er mich sieht. Doch er will sehen, ob ich ihn auch tatsächlich sehe, und als ich ihn tatsächlich sehe und sehen will, sieht er weg. Hier duze ich ihn das erste Mal. »Hallo Hartmut«, sage ich. Er hebt ohne jeden Blickkontakt die Hand. Hofft mich von hinten zu betrachten. Und ich tue ihm den Gefallen. Mit einem Mal ist aus Herrn Hellmann Hartmut geworden.

Menschen in dem alten Haus, in dem ich bin und lebe. Die wohlbetagte Witwe Grabowski, die immer Mittwoch mittag bei mir klingelt, damit ich ihre Einkaufstüten, die mir ein Taxifahrer in die Hand drückt, in den 4. Stock trage. Sie braucht mehrere Längen Luft, bis sie oben ist. Ich stelle die Plastiktüten vor ihre Haustür. Meist treffe ich sie beim Abstieg auf der Zwischentreppe zum ersten Stock. Schnaufend auf ihrer Krücke. Entweder drückt sie mir dann umständlich zwei Mark in die Hand oder ein Paket Butter, das sie eigens zu diesem Zweck aus den Einkaufstüten gefischt hat. Einkaufen mit dem Taxi gefällt mir. Muß ich immer an die Hallodris denken, die sich morgens um zehn mit dem Taxi zur nächsten Tankstelle und zurück fahren lassen, um von dort den teuren Schnaps in Plastiktüten wegzuschleppen, obwohl er beim Supermarkt um die Ecke nur die Hälfte kostet. Das hat wirklich Größe.

Ich bedanke mich bei der Witwe Grabowski und trage ihr

gern die Tüten. Wenn wir sprechen, schimpft sie lauthals über Hartmut. »Hartmut Hellmann stinkt!« wettert sie derart aufgebracht, daß ihre Rede durchs Treppenhaus hallt. »Der wäscht sich doch überhaupt nicht, der blöde Kerl. Ein Stinker ist das. Das ganze Treppenhaus stinkt der voll. Dieses Dreckschwein.«

Stimmt, aus Hartmuts Wohnungtür im dritten Stock zieht ein süßlich-feuchter Modergeruch. Wenn sich das Treppenhaus sommerlich aufheizt, zieht dieser Geruch nach oben und legt sich auf Witwe Grabowskis Fußmatte. Eines Mittwoch mittags klingelt sie ein letztes Mal, ohne daß ich es merke. Dann ist sie aus dem Haus verschwunden, die Witwe Grabowski.

Hartmuts Affinität zu Mülltonnen. Wer einmal damit anfängt, den erwischt es aber auch. Das muß wie Sucht sein. Sucht nach Schatz. Sucht nach umsonst. Sucht nach dem Studium der Werte anderer. Denn was ein Mensch nicht braucht, weil er das, was er ist, satt hat, das kann einem anderen Menschen das fehlende Puzzlestück zum Glück sein. Und die Suche danach ist wie die Suche nach dem eigenen Glück, da man nicht immer weiß, was einem fehlt. Manchmal kann ein Füllgegenstand das Bedürfnis der Leere erst wecken.

Müll ist immer ein potentielles Besitzangebot. Ein Brauchmich-sonst-verschwinde-ich. Darin ist der Müll ein Spiegel des eigenen Ichs. Hartmut, der nichtgebrauchte Mensch, weiß um das Loch, das sein nur ihm bekanntes Sein bei Verschwinden reißt. Aus diesem Wissen heraus liebt er die Gegenstände, die der Vernichtung ausgesetzt sind. Er sucht diese Gegenstände auf. Er ist ein Sucher, ein Retter. Er ist, was er gerettet hat. Er ist mehr, je mehr er rettet. Er hat mehr, je mehr er ist. Er ist. Hartmut braucht den Müll, und der Müll braucht Hartmut. Müll und Hartmut haben ein gutes Verhältnis. Man kann sogar sagen, daß das Verhältnis von Müll und Hartmut nicht besser sein könnte. Eine Passion. Ein Liebesverhältnis. Man wärmt sich gegenseitig aneinander. Ich merke ihnen das gute Verhältnis an.

Manchmal, wenn ich mittags aus dem Hoffenster sehe, steht Hartmut dort und ißt. Sein Essen, Bratwurst mit Pommes und Mayonnaise, liegt auf der mittleren der drei Hausmülltonnen. Die Mülltonne, die etwas trägt. Die Mülltonne, die Hartmut das Essen trägt, damit es für beide weitergeht.

Müll. Als Stichwort aus meinem Symbollexikon verschwunden. Irgendwo in der Leerzeile zwischen Mühle und Mund. Mühle: das Mahlen in der Mühle gehört zu den Urmysterien und hatte schon in der Antike erotische Bedeutung. In Sagen des Mittelalters findet sich die Mühle als bevorzugter Ort für Liebesabenteuer. Die Zähne mahlen beim Essen im Mund. Jeder Mund ist eine Freßmühle. Und jedes Essen ein Urmysterium von erotischer Bedeutung. Eine Einverleibung. Geschmack ist orale Befriedigung im Mund. Mund: Symbol der Liebe. Der Liebe zu anderen. So ist das Symbol der Liebe zu anderen auch das Symbol der Kontaktaufnahme. Die Unfähigkeit, soziale Kontakte einzugehen, zeichnet sich durch das Fehlen des Mundes aus. Wenn Kinder zeichnen. Wenn Kinder zeichnen müssen. Wenn ihnen der Mund fehlt.

In aller Windstille eine Auszeit auf dem Balkon. Für eine Zigarettenlänge. Samstagabend halb zehn. Man muß schon sehr genau hinhören, denn so sacht und fern rauscht der Verkehr kaum merklich ums Karree. Die Seichtheit des Rauschens umsäumt mit einem akustischen Balsam, der einlullt. Wohliges Einatmen des Zigarettenrauchs. Dann die Sensibilisierung für alle Nebengeräusche. Da durchsticht ein Hupen die Balsamblase, eine Ampelphase, ein Martinshorn, ein Keilriemen, ein Bremsen, ein wegknatterndes Mofa.

Dazu die Vögel in Schichten: am Boden die Amseln und Spatzen, in den Bäumen die Raben, über den Häuserdächern die Tauben in Formation und die Möwen in geradlinigsten Flugbahnen. Und über allem, weit oben, die wienernden, jagenden Schreie der Schwalben. Wie ich da so sitze und rauche, muß ich an ihre Beute denken, an all das Ungeziefer, welches scheinbar willenlos mit dem Luftdruck auf und ab fährt. Und wie der weite Rachen der Schwalben in sie fährt, sie zwischen Hochs und Tiefs verdaut werden. Und ausgelaugt und ausgeschissen wieder auf der Erde landen. Jau! Und dann das unnachahmliche Geräusch auf irgendeinem Balkon. Eine leere Bierflasche wird zurück in den Kasten gestellt.

Und doch rauscht um alles herum seicht der Verkehr. Während ich meine Zigarette im Aschenbecher ausdrücke und Kreise in die Asche wische, fällt mir ein, daß Sina mir heute morgen erzählte, daß sie im Traum ihre eigene Geburt verschlafen hat. Ich weiß nicht mehr genau, was sie sagte, doch ich bleibe sitzen und versuche etwas vom urmenschlichen Wunder mitzubekommen, welches einen ins Sein oder Nichtsein katapultiert. Nichts mitbekommen von der Urangst der eigenen Endlichkeit. Einfach nur nichts mitbekommen. Und trotzdem sein. Einfach nur die Seele sein, die sich vom Körper löst und über allem rauscht. Selbst über dem Verkehr. Über den Schwalben. Was für ein paradiesischer Zustand. Das muß ein sehr schöner Traum gewesen sein, denke ich. Und dann springt im Souterrain des Hofs jäh der Zentralheizungskessel an, macht ein metallenes Geräusch, irgendwo zwischen *klick* und *kling*.

Es ist Sonntag. Ich erinnere mich, wie ich gestern Nacht losgezogen bin. Ich erinnere mich, wie ich im Begriff bin, die Wohnungstür abzuschließen. Als Hartmut mit einem langgezogenen »Naaa« und ausgestreckter Rechter auf mich zukommt. »Na, Hartmut«, sage ich. Obwohl ich im Treppenhauslicht seine Hand nur mit einem flüchtigen Blick streife, brennt sie sich mir ein. Feingliedrig, lange Fingernägel, extrem ausgewachsener Daumennagel, der sich in die Handinnenfläche krümmt. Und Schmutz. Nicht nur unter den Nägeln, sondern auch in den Handlinien. Eine dreckige Pranke. Kurz überlege ich, dann schlage ich ein. Drücke zu. Hartmuts Händedruck ist feucht und soft. »Willst los?« frag ich faul. »Ja«, sagt er, »muß ich ja mal. Ein paar Besorgungen machen.«

Ich erinnere mich, wie ich draußen stehe und am Fahrradschloß herumnestele. Hartmut tätigt bereits die ersten schwerfälligen Pedaltritte. Hartmut von hinten: Gummistiefel in brauner Breitcordhose. Darüber blaue Trainingsjacke mit FC-Ellerbek-Aufdruck, seine gebrochenen, zerspaltenen, zerzausten Haare. Ein Stadtbiest.

Als er um die Ecke gebogen ist, wische ich mir die rechte Hand in der Hose, halte kurz inne und gehe wieder in die Wohnung. Schnurstracks zu Wasser und Seife.

Und dann erinnere ich mich, daß es immer Unglück gebracht hat, wenn Bauknecht und ich nachts mit dem Fahrrad unterwegs waren. Salto über Taxihaube. An Einfahrtskette gefahren, daß die Weichteile am Lenker hängenblieben. Lachende

Baugruben. Unverhoffte Begegnungen mit Grünflächen. Das Fahrrad bleibt heute stehen, denke ich und mache mich zu Fuß zu Bauknecht auf.

Ich erinnere mich an live eingespielte Drum&Bass-Sounds. Und daran, daß die ganze Fabriketage am Tanzen war. Lauter Sweeties summten umher. Irgendwann stieß ich mich von der Wand ab und verschwand im Rhythmus des Abends. Und um halb vier stehen wir an der uns trennenden Straßenecke. »Willst nicht doch noch'n Bier«, frage ich Bauknecht. »Nee, laß mal. Ich geh nach Haus.«

Und ich erinnere mich, daß in diesem Moment ein Punk auf uns zukommt, ganz in Schwarz, mit Irokesenschnitt, Spiddelbeinen, Springerstiefeln und einer Brille, die von Gummizugschlaufen an den Ohren gehalten wird. »Hey.« »Hey.« »Alles klar?« »Ich will noch was trinken und er will nach Hause«, sage ich und deute auf Bauknecht, der sagt: »Also ich geh dann mal besser. Bis dann.« »Bis dann.« »Und was machen wir jetzt?« frage ich den Punk. Er hält mir die Hand hin. »Kain Killich«, sagt er, und: »Gehn wir zur Tankstelle. Bier kaufen.« Schnitt.

Ich erinnere mich, wie ich mit ihm im Fahrstuhl seines Hauses stehe und er mich angrinst: »Hast keine Angst? Ich mein, du kennst mich ja gar nicht. Und ich hab schon mehrmals wegen schwerer Körperverletzung gesessen. Bis vor zwei Jahren war ich Skin.« »Nee, hab ich nicht. Warum sollte ich?« lüge ich. »Weil ich gewalttätig bin. Weil ich gern viel kaputtmach. Weil mich alle hier im Haus hassen. Richtig hassen.«

Schon sitzen wir auf der lausigen Couch, es riecht nach Tierscheiße. Überall Hundehaare. Und das, wo ich heute meinen neuen Ulster am Leib trage. Dann legt er eine Platte auf, die *1000 Kreuze* heißt. »– Äh, was ich so mache? Ich versuche gerade eine Geschichte aufzuschreiben«, sage ich. »Oh, Mann, ich hab auch mal 'n Gedicht geschrieben«, sagt Kain Killich und spricht es mit geschlossenen Augen auf. Es ist gräßlich. Dennoch sage ich: »Gutes Gedicht.« Und wir halten in gegenseitigem Erstaunen, daß gerade *wir* hier um halb fünf zusammensitzen, die nächsten Hülsen Holsten aneinander. Aus irgendeinem Grund fühle ich mich grade sehr wohl. Plötzlich schleppt Kain Killich ein Fotoalbum an und zeigt mir, wer er war und wie er war und was er war und ist. Er zeigt mir Bilder von seiner ersten Freundin, einer kleinen Blonden mit geschorenem Kopf und Skinfransen. »Und guck mal hier, da bin ich noch Glatze«, sagt Kain Killich, als er die nächste Seite aufblättert. Ich sehe auf das Foto. Es zeigt ihn und seine Ex beim Vögeln in Hundestellung. Obwohl sich schon alles zu drehen beginnt, versuche ich mir das Bild genau anzusehen. »Wie hast du das gemacht? Mit Selbstauslöser?« »Nee, hat'n Kumpel mal auf 'ner Feier gemacht.« »Schöne Feier. Und hat dein Kumpel auch so 'n Bild, wo er mit drauf ist?« Schnell ballt Kain Killich die Faust, sie saust auf mein Gesicht und bleibt kurz vor der Nase stehen. Dann beginnt er zu lachen. »Nee, nee«, sagt er schließlich und läßt mich einfach gehen.

Kain Killich: Mein erstes Mal

Ich kannte nur das Onanieren
Da wollt auch ich es mal probieren
Beid' zogen wir uns naggich aus
Und sprangen aufeinander rauf
Ich stieß ein paarmal in sie ***
Und *** sie mit meinem ***
Es war sehr ***
Und ihre *** schloß sich mit 'nem ***

Sina und ich sind uns gegenseitig Tränenkrüglein. Ein Wehchen geht von hier nach da, eins von da nach hier. Allein das Tauschen von Wehwehs und von verbalisiertem Alltagsmüll ist die Beziehung wert. Nur einmal drüber reden und vergessen, dann braucht man diesen Mist nicht in sich reinzufressen. Überhaupt weiß ich es zu schätzen, als Einzelkind neben jemandem zu schlafen, der besonnen und beschienen ist von Bessermenschseinstrahlung.

Und vorm Einschlafen dann dies: Wie sie auf Klo saß und wie üblich die Tür offen ließ, machte der Briefschlitz gegenüber am Ende des Flurs klappklapp. Also doch ein Spanner dieser Hartmutknilch. Ahanajanundenn. Man sollte sich hüten vor diesen Hunden. Als ahnungsloses Schäfchen. Und manchen Morgen sieht sie Hartmut auf dem Fahrrad ihr entgegentreten. Es ist acht Uhr, und sie beginnt den Arbeitstag. Er kommt hingegen hundemüde aus dem feuchten Morgennebel, grüßt verknappt und schwindet in das Loch, das er nur mit Erinnerungen füllt. Was treibt den Kerl bloß um. Was treibt den Kerl um diese Zeit woher zu kommen. Die anonyme Arbeitsnacht.

Wir liegen nackt im Bett und zerbrechen uns die Köpfe. Nimmt man die Splitter einzeln und setzt sie dann wieder zusammen, so wird es siamesisch. Aus zwei Köpfen wird ein Herz. Und Selbstschutzplanung: Morgen werden wir einen Vorhang kaufen aus rotem Samt. Den nageln wir von innen an der Haustür fest.

Allein der Gedanke, daß wer wo rein glotzt und daß »wo rein« ich bin. Widerlich. Sofort nach unserem Einzug habe ich zwei ein Meter vierzig breite Stoffbahnen zusammengenäht und vor die einfachverglaste Großscheibe im Ladenzimmer gehängt. Der Stoff ist naturweiß und nicht zu dick, so daß die Helle, die durchs Tuch fällt, das Zimmer in ein Schneelicht taucht.

Das Ladenzimmer ist mein Zimmer. Hier sitze ich und schreibe diesen Text. Bis es an der Scheibe poltert. Irgendwie dumpf und weich und wiederkommend. Schwer konturierbar bewegt sich ein Schatten hinter Vorhang und Scheibe. Immer wieder geht dieses Etwas ans fragile Glas, das im alten Holzrahmen schnarrend zu vibrieren beginnt. Ich denke an die Seeigelpanzer, die ich als Kind beim Strandspaziergang fand und in die Hosentasche steckte, wo ich sie vergaß und damit unachtsam zerstörte.

Also trete ich neugierig beunruhigt aus der Haustür. Da steht Hartmut. Vor ihm ein roter Plastikeimer. Er hält einen Schrubberstock mit Feudel dran und wischt und wäscht an meiner Ladenfensterscheibe. »Was machst du denn da?« frage ich. »Du, die war schmutzig«, meint er. »Stimmt. Das find ich ja nett, daß du mir die Scheibe putzt.« »Ja.« Und dann steckt er sich einen Scheibenwischer auf den Stock und zieht geschickt das Wasser vom Glas. Ich gehe wieder in mein Zimmer. Die Schlafzimmerscheibe putzt er hinterher, so daß ich Klarsicht habe, wenn frühnachmittags der Postmann auf der andren Straßenseite meinem Briefschlitz an die Klappe laufen will. Ich kann nun besser sehen. Danke Hartmut.

Sowieso entpuppt er sich, seit Manni&Beate weg sind, immer mehr als guter Geist des Hauses. Die Treppen sollte eigentlich per Wohnpartei und Stockwerk jeder selbst reinigen, was kaum einen kümmert. Den Treppenvorplatz im Erdgeschoß sollten eigentlich wir im Wechsel mit unserem Nachbarn säubern. Nur, der Nachbar ist ein alter Suffki, der nie da ist, weil er stets woanders sitzt und säuft. Und wir sind auch nie da, wenn's ans Treppenputzen geht. Nun putzt sie Hartmut ganz nach Lust und Gusto. Schön feucht, damit es jeder lange sehen kann. Und jeder kann hören, daß Hartmut mit dem Motorrasenmäher im Hinterhofgarten Halme kappt. Der Motor rötert und hallt für Hartmut. *I'm back, Motherfuckers.* Triumph. Die Pforte ist nun wieder offen, und ich verstehe, warum Manni&Beate sie verschlossen hielten. Der Garten war Hartmuts Refugium, das er sich nun zurückerobert. Mit Markierungen spezieller Art. Zuerst pflanzt er zwei Bündel Plastikblumen, gelbe Tulpen mit roten Nelken in die unbepflanzten Beete um den Rasen. Obwohl das Wort Rasen etwas hoch greift. Die grüne Ebene unseres Hinterhofs ist zwischen den Grasbüscheln vollvermoost, zudem erhöht zum Nachbargrundstück, weil Bauschutt aus dem Zweiten Weltkrieg hier der Sockel allen Wuchses ist. Mal blitzt ein Backstein, mal ein Ziegel aus dem grünen Moos. Und in dem kleinen Beetekreis im Rasen phosphoreszieren Seidenblumenmalven mit rosaweißen Streifenblüten.

Die linke Seite des Hofs begrenzt eine gelbe Backsteinmauer. Ihr zu Füßen auf der Rasenhälfte liegt ein kleines Karree grauer Betonplatten. Die Terrasse. Hier stellt Hartmut auf, was er zum Tragen seines Frischluftkreuzes braucht. Vier Plastikstapelstühle, weiß, um einen Couchtisch mit massiver Marmorplatte, braun. Darunter steht ein Grill, daneben ein leerer Einkaufswagen von Minimal. Und zwei aufgespannte Sonnenschirme stecken wie übergroße Blüten in den Beeten. Der eine in Pastelltönen mit floral verblichenem Motiv, der andere in feurigem Rot. Schatten jedoch spenden sie keinen, da sie bereits im Dauerschatten, dem elysischen Gefilde für nutzlose Sonnenschirme, stehen.

So sieht sie aus, die Stätte der Ruhe, des Friedens und des kleinen Glücks. Binnen einer Woche erblüht das Paradies von Hartmut auf dem Hinterhof. Bald klingt ein Radio auf dem Marmortisch, bald raucht der Grill. Doch immer seh ich Hartmut dort allein auf seinen Plastikstühlen am Speisen. Eine gebogene Roststange umrahmt die Pforte zum Paradies. Die Pforte steckt im Zaun und trennt die Mülltonnenhälfte des Hofs ab. Um die Roststange winden sich die wenigen verholzten Triebe einer weiß blühenden Kletterrose. Mein Augen verharren auf ihren Blüten. Kommen nicht der tastenden Hand zu Hilfe, die in der Luft nach dem Türgriff sucht.

Schon in der Aufwachphase strecken sich die Sinne. Mal zwitschern Vögel, mal muß sich ein Dieselmotor lang und länger warmlaufen, bis er davonröhrt, mal schlingern Autoreifen, die durch Pfützen rollen in die schläfrigen Ohren. Wenn dann die Augenlider ihre ersten Schläge tun, kommt Licht ins Bild, verbindet sich mit dem vorher Gehörten und gibt der Tagesstimmung eine Marschrichtung. Ein atmosphärischer Impuls, gebremst vom Blick aufs Zifferblatt des Weckers. Man fragt sich jeden Morgen, ob die innere Uhr noch richtig geht, ob sie überhaupt noch geht. Wenn ja ist gut, wenn nein ist tot, wenn falsch, dann kommt's drauf an, ob man noch weiterschlafen darf oder hochjagen muß.
Heute wache ich auf und denke: ein Sonnentag. Ein guter Tag. Sina liegt neben mir und schläft. Ich betrachte den Glanz ihres Schlafes. Gesichter sehen morgens am schönsten aus, wenn die Muskeln nachtentspannt die Mimik noch nicht zur Maske erstarren lassen.
Ein Sonnentag. Ich hocke mich aufs Futon, stütze mich mit der Linken auf die Heizung unterm Fenster und greife mit

der Rechten nach dem Band und ziehe. Das Rollo rollt, gibt einen Spalt, ich lasse das Band einrasten und knie mich zum Äugen. Will ja nicht das ganze Zimmer fluten und den Lichtwecker spielen. Will nur ein bißchen auf die Sonnenstraße sehen und mich freuen auf den Tag. Auf den Gehsteig vor dem Schlafzimmerfenster. Auf die Dächer der Autos in den Parkbuchten hinterm Gehsteig. Auf die Straße hinter den Parkbuchten. Auf die Bäume des kleinen Parks hinter der Straße. Auf die schräge Häuserfront von gegenüber. Eine Frau im dritten Stockwerk putzt am Fenster und eben, als sie es öffnet, spiegelt sie die Sonne für einen Blitz in meine Augen.

Ein Sonnentag. Ein guter Tag – da kommt ja Hartmut, was hat der denn da auf seinem Fahrrad hinten drauf? Einen Monsterfernseher der alten Holzummantelungsgarde. Mit Spanngummis auf dem Gepäckträger befestigt. Das darf nicht wahr sein, was hier ist. Jetzt muß ich Sina doch mal wecken. Zu spät. Schon hält Hartmut Blickkontakt. Ich hebe meine Hand zum Gruß in den geöffneten Rollospalt. Er weiß, was er jetzt für ein Bild abgibt und grinst. Ich grinse zurück. Er sieht vor sich auf die Straße, dann noch einmal hoch in meine Augen. Unverhohlen lacht er. Ich lache unverhohlen zurück. Sina wacht auf. »Das mußt du dir ansehen«, sage ich, und noch während sie ihr »Was?« ausstößt, um etwas Zeit zu gewinnen, rappelt sie sich auf, und wir blicken, die Köpfe eben über der Fensterbank aneinander, auf Hartmut, der immer mehr weiß, was er jetzt für ein Bild abgibt, und lachen. Alle drei.

»Ein Wahnsinn dieser Fernseher auf dem Gepäckträger«, sage ich, als ich ihn einige Stunden später im Treppenhaus treffe. »Ich hab schon ganz andere Sachen auf dem Fahrrad transportiert.« »Was denn so?« »Ooooch, Kühlschränke, alles,

'ne Waschmaschine war auch mal dabei.« »'ne Waschmaschine? Das geht doch gar nicht.« »Doch das geht. Ich habe
schon 'ne Waschmaschine transportiert. Waschmaschine, das
geht.« Wenn er das so sagt, dann muß man's ihm glauben.
Da fällt mir unser Einzug ein. Wie Sina und ich die Waschmaschine von der Straße in die Küche trugen. Wir balancier-
ten sie zwischen einem parkenden Auto und der Gebüsch-
insel vor unserer Haustür vorbei, als Sina sagte »Vorsicht
Hundescheiße« und wir uns, die Waschmaschine in Händen,
so schwerlachten, daß wir mit ihr ins Gebüsch kippten, uns
dort wie abgepackte Käfer die Bäuche hielten und mit den
Beinen in der Luft zappelten. Die umgekippte Waschmaschine zwischen uns. Aber weshalb holt sich Hartmut Kühlschränke und Waschmaschinen ins Haus? Was will er mit
dem Kram? Vielleicht nur schöne Bilder abgeben für die, die
sie zu schätzen wissen. An so einem Sonnentag.

Durch die geöffnete Balkontür höre ich die Stimmen von
Hartmut und Hans-Joachim. Hans-Joachim wohnt in der
Einzimmerwohnung im ersten Stock. Wenn ich ihn treffe,
kommen wir schnell auf Motoren zu sprechen. Von denen
ich keine Ahnung habe. Dafür doziert er: über seine hochge-
tunte Ente und seine Schrottvespa, die er sich gerade aufmö-
belt. Er führt mich in seinen engen Keller und zeigt mir neu
besprühte Kotflügel und mit welchen Ritzeln welche Topleis-
tung übertragen wird. Dabei hänge ich mehr am Strick der
eigenen Gedanken, etwa über seine wasserstoffblondierten
Haare. Ich höre nur mit halbem Ohr zu.
Aber als Hans-Joachim auf dem Hof meint: »Sag mal, Hartmut, bist du besoffen oder wie?« – bin ich wieder voll da.
Und Hartmut antwortet fröhlich: »Hab zwei Packungen

Weinbrandbohnen gegessen. Nun bin ich aber 'ne richtige Feuereule.« Ich sehe über die Balkonbrüstung, wie Hans-Joachim seinen wasserstoffblondierten Schopf schüttelt. Feuereule. Unglaublich. Gutes Wort. Guter Trinkspruch eigentlich, denke ich, und hoffe es nicht zu vergessen. »Mach doch mal 'ne Probierstube auf«, sagte Hartmut weiter, »die nennst du dann *Zum goldenen Heuler.*« »Oder *Zur goldenen Weinbrandbohne*«, sagte Hans-Joachim, »aber nee, lieber nicht. Nachher bist du mein einziger Gast. Da kann ich ja nichts bei verdienen.« »Ooooch«, sagt Hartmut, »ich bring dann schon noch'n paar Kollegen mit.

Wenn man älter wird und Strecke zu machen beginnt, wird einem das Glück räumlicher Freundesnähe bewußt. Das war schon zu Schulzeiten auf dem Dorf so.
Ich machte mir schon damals bewußt, wie schön es ist, jeden meiner Feunde zu Fuß zu erreichen. Ich gehe gern zu Fuß. Ich finde, daß zu Fuß gehen das beste Tempo ist. Man hat direkten Bodenkontakt, bewegt sich in und aus seinem Körper, kann viele Dinge wahrnehmen, die bei Tempo ungesehen auf der Strecke bleiben. Man kann Gedanken nachhängen, verarbeiten, Pläne schmieden und mit den Augen auf dem Boden Ausschau halten nach kleinen Found-Poetry-Schätzen. Ich finde so manchen Zettel: *Liebe Mitbewohner/ sollte öfters nachts um/ 2.00 Uhr noch einmal so ein Lärm/ sein, hau ich euch die Fresse/ blau. Ihr Wichser!* Derlei macht mich glücklich. Oder eine winzige Karteikarte mit den Worten *Quelle/ Ursprung.* Oder ein schmutziges Stückchen Karton mit der Aufschrift EXTASE. Oder eine Quittung von der Kunstbuchhandlung Walter König mit dem Titel des letzten Kippenbergerbuchs. *Never give up – before it's too late.* Wunder-

schön. Einmal liegt, als ob es die Belohnung allen Abblicks ist, ein kleines gelbes Kärtchen mit ränderfeinem Riffelschnitt vor meinen Füßen, bedruckt mit dem Wort GLÜCK. Und ich habe und hebe dann das Glück. In unserem Treppenhaus finde ich folgenden Zettel: *Wo ist/ eigentlich/ der Kaktus/ von der/ Fensterbank/ im 2. Stock/ geblieben?!* Ja wo eigentlich? denke ich, als ich den Zettel in die Jackentasche stecke und das Treppenhaus verlasse. Ich bin auf dem Weg in die Kneipe ein paar Straßen weiter.

Warum das Taktlos meine Lieblingskneipe ist. Wegen der übereckengroßen Fenster. Wegen der nicht zu kleinen Größe, der nicht zu großen Kleine. Wegen dem Licht, das von den warmgeputzen Wänden bricht. Wegen der Kerzen auf den Tischen, die einem das Bierleuchten einbrennen wollen. Wegen der vielen schönen Menschen, die dort verkehren und mit denen man am liebsten selbst. Wegen der langblonden Bedienung, deren wohlverpackter Arsch ein Ereignis ist. Mit jedem Blick saufe ich ein neues intimes Detail ihres Körpers, Armhärchen, Hautfalten, der Spalt zwischen nabelfreiem Shirt und Hose. Und jeden Donnerstag treffe ich mich dort mit Freunden zum Saufen. Die meisten meiner alten Dorffreunde sind meine neuen Stadtfreunde. Nun wohnen wir wieder gemeinsam im selben Viertel, und alles ist irgendwie wie früher. Was kein Trost ist, da wir älter geworden sind.

Dennoch, wir finden zu Fuß zueinander, flattern donnerstags am Neonkneipenschild zusammen, beginnen die Woche gemeinsam, beenden die Woche gemeinsam, Neuigkeiten wechseln die Tischviertel und wenn alte Geschichten ausgepackt werden, dann nur zur Unterhaltung, das heißt knapp und pointiert und mit spontaner Einwurfmöglichkeit für jeden. Um eins schließt die Kneipe. Zu früh. Was tun? Faire le grand tour? Pumpendiskothek? Oder besser vernünftig sein und schlafen? Besser nicht. Besser weiter reden. Zum Beispiel in dem kleinen Parkdreieck vor meiner Haustür. Dort stehen zwei Bänke über Eck geschützt von einem Blätterdach. Vorher noch zum Blaulicht der Aral-Tankstelle, Bier bunkern. Und dann unters Blätterdach. Zum Beispiel über Hartmut reden.

Schrrröööörrrcch kräg krörch Schrrröööörrrcch – zum Rauchen gehen wir auf unseren kleinen Balkon. Ich stehe neben meinem Freund Finn. »Was glaubst du, ist das für ein Geräusch, das wir hier hören?« frage ich ihn.
Ich habe diese Fragen schon vielen Freunden gestellt, mit denen ich auf dem Balkon stand. Niemand hat es bisher gewußt.
»Keine Ahnung«, sagt Finn. »Vielleicht irgendwas Technisches? Vielleicht 'ne Schleifmaschine oder sowas?« »Gar nicht schlecht. Fast. Aber trotzdem falsch.« »Und was isses?« Wir lauschen noch einmal der Hofbeschallung. Schrrröööörrrcch. Das Geräusch hallt von der Hinterhausfront gegenüber. Verursacht wird es auf dem Hof hinter unserem Hof. »Es ist eine Frisbeescheibe. Eine Frisbeescheibe, die ein kleiner Hund mit seiner Schnauze über die Platten zu seinem Herrchen schiebt, weil er sie mit seinem Gebiß nicht aufnehmen kann. Und der wirft die Scheibe dann wieder auf die Platten. Das scheint dem Hund soviel Spaß zu machen, daß er das jeden Tag mehrere Viertelstunden lang tut.«
Genaugenommen ist das Herrchen von dem Hund ein Frauchen, das Maggi heißt. Und der Hund ist auch kein Hund, sondern eine kläffend kleine Pudeltöle. Aber das Geräusch find ich geil. Alle Hinterhöfe in unserem Karree haben gut daran.

Maggi, das Frauchen, hat ihre besten Jahre hinter sich. Schätze sie ins Alter Hartmuts. Feine, doch häßliche Visage, umgeben von einer blonden immermißglückten Dauerwelle. Und ihr Herrchen ist arbeitsloser Nachtschlachter mit notorisch lautem Organ. Fred. Mit seinen paar rot gefärbten Haaren wirkt er wie die Persiflage einer runtergekommenen Schwuchtel. Sitzt jeden Sommerabend auf dem Hof in seiner provisorisch zusammengenagelten Laube und röhrt seinen stupiden Text.

Von meinem Balkon kann ich eben über unsere Hecke ein wenig einsehen. Einhören sowieso. »Nun piß mal nicht so 'n breiten Strahl!« grölt er. Paßt schon zur hohl auf dem Pflaster daherkratzenden Frisbeescheibe. Und das Verwunderliche: Herrchen und Frauchen scheinen mir Hartmuts einziger Sozialkontakt. Sehe Hartmut immer mal wieder von Hof zu Hof mit Maggi reden. »Sag mal, Maggi. Hier. Ich hab was für dich. Kannst du was davon gebrauchen?« Er hält ihr einen kleinen Badezimmerspiegel, ein Telefon und ein großes Feuerwehrauto entgegen. »Ja, also das Feuerwehrauto nehm ich.« Was will Maggi mit dem Feuerwehrauto, frage ich mich. »Is ja auch schön, so ein Feuerwehrauto«, sagt Hartmut darauf in die frische Luft. Klar, im Spiegel kann sie sich nur selber sehen. Und das Telefon ist auch nichts für eine überzeugte Isolation. Aber das Feuerwehrauto. Wo brennt's denn? Und warum eigentlich?

Jedenfalls stehe ich mit Finn auf dem Balkon, und wir lauschen in den Hof, als eine Amsel ganz absonderlich zu schimpfen beginnt. Ich nehme es gar nicht wahr, erst als Finn sagt »paß auf, gleich wirst du eine Katze sehen«.

In der Tat, keine dreißig Sekunden später schleicht ein schwarzer Kater übers Moos. Schönes Bild, das auch akustisch funktioniert. Die Amsel zetert ihr Mordio. Der Hund schrubbt seine Frisbeescheibe. Die Katze schleicht lautlos zwischen allem. Und Finn und ich haben uns gegenseitig hörbare Weisheit quittiert.

Als ich nachts die Augen aufschlage, springt das Treppenhauslicht an. Es scheint durch das Glasfenster über der Wohnungstür in unseren Flur. Ich kann es sehen, weil die Schlafzimmertür offen steht. Ich sehe auf den Wecker. Halb fünf. Ich muß pinkeln und recke mich aus den Federn. Sonderbare Geräusche und Getuschel auf dem Hausflur. Barfuß an den Türspion. Ein Junge, keine Ahnung wie alt – zwanzig? –, geht mit einem bezogenen Federbett, das aus seinen Armen quillt, die Treppen hoch und hält Redekontakt zu Hartmut. Seltsam.

Eine Woche später. Wieder liege ich nachts mit offenen Augen im Bett. Der Platz neben mir ist leer. Sina ist auf einer Party, und ich kann deswegen nicht schlafen. Lächerlich eigentlich, doch die Lächerlichkeit ist nun mal so, wie sie ist. Auch nachts um zehn nach zwei, der lächelnden Uhrzeit. Endlich, das Türschloß erklingt. Gesprächsfetzen aus dem Treppenhaus. Sina schließt uns beide in der Wohnung ein. Leise poltert sie durch den Flur. »Hallo«, rufe ich. »Hey, du bist ja noch wach.« »Konnte nicht schlafen.« »Ooooch, hast du dir Sorgen gemacht?« Ich überhöre den ironischen Unterton, bleibe gefaßt. »Konnte einfach nicht schlafen. Wie war's denn?« »War toll.« Sina wankt, ist gut gelaunt betrunken, sucht den Lichtschalter ihrer Nachttischlampe und findet ihn endlich. Sie riecht verraucht und sieht verrucht aus. Der Kajal um ihre Augen ist leicht verschmiert, das neue neonblaue Stretchkleid hingegen sitzt wie angegossen mit ihr auf dem

Bett. »Ich finde, du siehst phantastisch aus.« Sie kichert. »Hab eben draußen vor der Haustür so 'n jungen Typen getroffen. Mit Bettzeug in der Hand. Hab ihn gefragt, wo er hin will. Wollte zu Hartmut. Was willst du denn um diese Zeit noch bei Hartmut, habe ich ihn gefragt. Sei nicht so neugierig hat er dann gesagt, mir einen Nasenstüber gegeben und ist hochgegangen.« »Sei nicht so neugierig?« »Sei nicht so neugierig.« »Hm. Schade.« »Was schade?« »Hätt ich auch gern gewußt, was der Typ mit dem Bettzeug nachts ausgerechnet bei Hartmut will.«

Manchmal kommt die Willkür, mit der die Dinge geschehen, unschön ins Wanken. Wenn etwa Millionen Fische bäuchlings in einem Fluß in Rumänien treiben, weil es irgendeinen absonderlichen Chemieunfall gegeben hat. Dann kann man davon ausgehen, daß sich dieses Unglück kurze Zeit später mit ähnlichen Parametern wiederholt. Lediglich der rumänische Flußlauf wird ausgetauscht. Dasselbe gilt für Zugunglücke, Überschwemmungen, killende Schüler in Schulen, Touristenentführungen, Explosionen von Feuerwerksfabriken oder Crashs in Alpentunneln. Selten, aber wenn, dann doppelt.
Ich frage mich, ob die Duplizität der Ereignisse aus dem Zufall herausfällt. Ob und wie sie gemacht ist. Wenn der infotaine Focus erstmal auf ein Unglück fällt, dann brennt er sich im öffentlichen Bewußtsein derart fest, daß es fast schade ist, die gut geölten Bahnen allgemeinen Interesses nicht weiter zu befeuern und befahren. Freie Bahn für böse Sachen, aber schnellschnell, sonst rostet die Spur der Sensationsgier ein, bevor es wieder kracht. Gemacht, gemacht. Alles Unglück ist gemacht. Und alles Geld mit Unglück.

Umso schöner, wenn die Duplizität der Ereignisse mal im positiven Gewand daherkommt. Als ich spätnachmittags vom Einkauf heimkomme und das in den oberen Stockwerken von der ersten Abendsonne beschienene Haus hinaufsehe, schaut Hartmut aus dem Fenster. Die Ellenbogen auf einem Kissen, Blick und Oberkörper gelassen nach vorn. Gemächlich hebt er die Hand zum Gruß. Ich grüße zurück, doch halt, was ist das da auf seiner Schulter. Sitzt da nicht ein Papagei? Ein Nymphensittich?

Eine Atemzuglänge halte ich bei diesem Bild inne, dann bin ich wieder im Tritt. Es verwundert mich weniger der Papagei an sich, als der Umstand, daß der Vogel auf Hartmuts Schulter der freiheitlichen Versuchung nicht erliegt. Woher nimmt Hartmut das Vertrauen in die Kreatur? Vögel gehören doch dem Luft- und Lichtreich an, schweben über den Köpfen der Menschen. Vögel sind die Seelen der Geister. Doch Hartmut ist von seiner Seele nicht verlassen. Hartmuts Seele sitzt auf seiner Schulter, während er in die Abendsonne guckt. »Wo hast du den denn her?« rufe ich die Hauswand hoch. »Ist mir mal zugeflogen. Willst ihn haben?« Besser nicht. »Nein. Danke!«

Nie wieder sehe ich diesen Nymphensittich. Einmal frage ich Hartmut noch, was er macht und wo er denn jetzt flattert. »Hab ihn verschenkt«, kommt knapp die Antwort.

Hartmuts Affinität zu Vögeln stellt sich unmittelbar darauf erneut unter Beweis. Ich will gerade auf den Balkon, um zu rauchen, doch traue mich nicht, die Balkontür zu öffnen. Denn ich möchte nicht, daß Hartmut mich wahrnimmt und das Bild zerstört, das er gerade heraufbeschwört. Er steht vor den drei Hausmülltonnen, allesamt mit offnem Deckel und wühlt im Müll nach Brot. Das wirft er vor sich auf den Rasen.

Dort warten schon die Raben. Krächzen aufgeregt umher. Raben und Papageien. Werden doch wohl keine Pechvögel sein.

Auf meine kleine Kameldarmlampe bin ich besonders stolz. Wenn sie brennt, dringt das Licht aus der bemalten Kugel, bunt, warm, ornamental. Meine Eltern haben sie für mein Kinderzimmer gekauft, als wir in Afghanistan wohnten. Aus ihr scheint das Licht eines anderen Kosmos. Ein lunares Kleinod.

Dieses Licht brennt jetzt hinter der großen Ladenscheibe in meinem Zimmer. Der Donnerstag läuft bereits über Mitternacht. Es ist halb drei, und wir sitzen zu viert auf der Parkbank unterm Blätterdach. Habe mich mit einer Dose Warsteiner so auf die Lehne der Holzbank gesetzt, daß ich in mein Zimmer sehen kann. Dort brennt Licht. Wieso? Sina muß doch morgen früh raus. Egal. Nadann: »Feuereule, Jungs!« Gluckgluck. Grimm erzählt eine seiner Ich-König-Geschichten. Er kommt gerade aus Indonesien, wo ihn sein Vater hingeschickt hat, der ein deutsches Dentallabor leitet. Grimm soll in Indonesien die Lage der Goldkronen checken, Angebote einholen, Gewinnspannen wie einen Expander weit auseinanderdehnen.

Was er in den Park mitbringt, sind zwei indonesische Schauermärchen, über die wir uns die besoffenen Köpfe heißreden. »Also dort gibt es armdicke Seeaale, mit tödlichem Biß. Das wär ja noch nicht so schlimm, Aale sind ja im Wasser, haha, aber die hier schwimmen auch an der Wasseroberfläche. Und wenn du nicht aufpaßt, springen sie in dein Boot. Und wenn du sie erstmal im Boot hast, dann ist zu spät. Die kriegst du da nicht mehr weg. Die umschlingen dich, beißen dann zu und dann ist Ende.« »Ja, aber –«, setzt Bauknecht an und wird gleich vom zweiten indonesischen Märchen überrollt. »Und Schleichwellen gibt's da auch noch. Die rollen ganz lang und flach an den Strand. Und wenn die auch nur einen Fuß von dir erwischen, dann ist der Sog so groß, daß sie dich mit ins Wasser ziehen. Das ist gefährlich. Da muß man echt aufpassen.«

Hier sitzt also ein Kenner exotischer Landestücken, der aufgepaßt hat, denke ich, doch Bauknecht und Hagen sind schneller im Denken. Und gefährlicher für Grimm als die Schleichwellen. Sie zerfetzen seine Geschichten in der lauen Luft. »Wieso«, setzt Bauknecht an, »wieso sollen Seeaale ausgerechnet in Boote springen. Mit welcher Motivation?« Und Hagen dazu: »Die sehen die Boote doch nur von unten. Die passen doch gar nicht in ihr natürliches Beuteschema. Das ist absoluter Humbug!« Es folgt das übliche Hinundherblabla. Wenn's um Aale geht, ist klar, was kommt. Ich habe schon mehrere Aalgespräche geführt. Irgendwann sagt Hagen, »daß ja alle Aale zum Laichen in die Sargassosee müssen. Jeder noch so kleine Süßwasseraal wandert einmal in seinem Leben mehrere tausend Kilometer in die Sargassosee.« Grimm versucht mit einem Konter seine Lügenhaut zu retten: »Aber Aale sind Fische. Wenn die in einem Tümpel oder Aufzuchtbecken stecken, ist die Sargassosee für sie wohl eher ein feuchter Traum.« »Falsch, Aale können auch über Land ...« und so weiter, und so weiter.

Es sind unsere Gespräche, die wie lange Schleichwellen sind. Haben sie dich am Fuß, haben sie dich am Arsch. Und aus dem Meer von krausen Gedanken kommst du nicht mehr raus. Darin versinkst du. Ich sehe auf mein Zimmerfenster. Die Lampe ist erloschen. Plötzlich geht im Hausflur das

Treppenhauslicht. Die Haustür springt auf und Hartmut stürzt auf die Straße. Sieht einmal linksrechts und rennt wie von der Wespe gestochen links ab.

Es ist zwanzig nach drei, als ich auf meinen Wecker sehe. Sina wird bei all dem Ausziehgewurschtel wach. Ich frage sie: »Hast du in meinem Zimmer das Licht vergessen auszumachen und hast es eben nachgeholt?« »Nee wieso?« »Weil ich vom Park aus mein beleuchtetes Zimmer gesehen habe. Und eben als das Licht erloschen war, stürzt Hartmut aus der Haustür.« Sina richtet sich auf. »Was?? Ist ja gruselig.«

Um ganz sicher zu gehen, frage ich tags darauf Hagen, Grimm und Bauknecht. Alle haben das Licht in meinem Zimmer gesehen. Das Licht meiner Kameldarmlampe. Gruselig.

Veränderungen wälzen sich durch die Etagen unseres Hauses. Bünnings aus dem zweiten Stock stehen mit ihrem Lebensrecht ganz für Ordnung ein. Feine Gardinen und Gummibäume in den Fenstern. Eigentlich wollte Herr Bünning die Hausverwaltung übernehmen, doch waren seine letzten Kräfte schon am Schwinden, als Manni&Beate die Beletage verließen. Das ist nun drei Monate her, und die Wohnung stillt noch wie verlassen. Herr Bünning bezieht derweil ein Krankenbett im Uniklinikum, schnattert seine Frau ihrer Nachbarin im Treppenhaus zu.

Auch so ein Fall: Frau Walzac. Es gibt immer Situationen, in denen man anderen Menschen die Koffer tragen muß. Doch die schwersten Koffer meines Lebens trage ich für Frau Walzac in den zweiten Stock. Zwei kunstlederne kackbraune Koffer. Für jede Hand einen, damit ich gerade gehe. »Sind da etwa Steine drin?« frage ich. »Hahaha.« Frau Walzac schmettert ihr Goldzahnlachen. »Komm her du, ich zeig dir was dadrin.« Auf dem Wohnzimmertisch öffnet sie die Riemen eines Koffers und klappt mit allerhand tätätätäää und Feuchtigkeit in den Augen den Deckel: lauter selbstgebrannte Schnapsflaschen. »Aus meiner Heimat. Jugoslawien.« Wir trinken einen Slibowitz, ich gehe wieder runter. Tags darauf Muskelkater.

»Hartmut trägt uns die Koffer immer bis auf die Straße zum Taxi. Das kann er ja auch ruhig mal machen. Er hat ja sonst nichts zu tun, wenn wir in den Schwarzwaldurlaub fahren«, sagt Frau Bünning. Doch dazu wird es nicht mehr kommen. Herr Bünning stirbt an seinem zweiten Schlaganfall. Und seine Frau bekomme ich Wochen nicht mehr zu Gesicht. Wohl aber Frau Walzac an die Ohren, gut gelaunt, fast jeden Tag. Morgens um kurz vor neun verläßt sie das Haus, nachmittags um halb fünf dringt sie mit der Wucht ihres sechzigjährigen Sprachorgans durch alle Wände in mich.

»Was macht die Walzac bloß den ganzen Tag? Hat sie Arbeit?« frage ich Witwe Bünning, als ich sie einige Zeit später auf einen Klönschnack im Treppenhaus treffe. Doch die weiß, nachdem sie mir ihr Leid als Klage über die Unordnung unseres verlodderten Hauses vorgetragen hat, nur ein Achselzucken. Eben als sie die Stiegen aufsteigt, kommt es ihr dennoch von den Lippen, leise, wie ein Schuldbekenntnis. »Die fährt jeden Tag mit dem Butterdampfer nach Aerö. Jeden Tag.«

Mein Gott, was für ein Leben. Jeden Vor- und Nachmittag den Suffki auf dem Butterdampfer zu machen. Die Mannschaft redet sie bestimmt schon mit Namen an. Und wenn der Alleinunterhalter die Tanzfläche bei einigen Windstärken gefüllt kriegt, dann macht das gar nichts, vorausgesetzt, man hat schon ein paar Klare intus.

Die langen Haare müssen ab. Ich will mich männlicher fühlen, wenn die Nullerjahre aus dem Anfang heraussticken. Nur ein vernünftiger Kurzhaarschnitt kommt in Frage. Ich gehe um die Ecke zum F.O.N., zum Friseur ohne Namen. Eine gutmütige Dicke mit schwarzem Bobschnitt nimmt sich meiner Haare an. »Darf nur nicht poppermäßig aussehen«, diktiere ich. Ihr Busen drückt beim Schneiden mal hier, mal dort. Nicht unangenehm.

Der erste Schnitt ist der entscheidende. Alle Haare werden fein säuberlich zum Zopf gebündelt, das Zopfgummi ordentlich stramm an den Kopf gezogen, und dann kommt der Schnitt mit der Schere. Ritsch und ratsch zwischen Gummi und Kopf. Was dann nach vorn ins Gesicht fällt, ist der neuen Frisur erster Teil. Schon nicht schlecht. Jetzt kommt der Feinschnitt. Oben etwas länger, Ohren frei, Koteletten lassen, Nacken ausrasieren und fertig ist der neue Mensch.

Darf es wahr sein, daß sich auch Hartmut von seinen langen Haaren trennte? »Wie siehst du denn aus?« tritt er mir, »und du?« trete ich ihm entgegen. Als wären wir beide Frauen im selben Kleid auf der Jahrhundertparty. »Wie kommt's?« beiße ich mir schnell aus dem verbalen Vorteilskuchen. »Hat ein Kollege gemacht. Sieht wohl besser aus so.« »Find ich auch. Sieht richtig gut aus.« »Ist ja ein richtiges Gespensterwetter heute, nicht?« Jaja, klarklar. Gespensterwetter.

Wenn ich aus irgendeinem Grund im Vertiko wühle und meinen abgeschnittenen Zopf in die Hände bekomme, läuft Sina ein Schauer über den Rücken. »Das ist wie ein abgeschnittener Körperteil. Das gehörte so viele Jahre zu dir. Bah. Ich kann es nicht sehen. Pack ihn weg!«

Ich fühle mich gut, wenn ich die noch im Zopfgummi steckenden Haare ansehe. Ich fühle mich gehäutet. Als hätte ich eine neue Bewußtseinsstufe erreicht. Einzig, daß Hartmut darin mit mir konform geht, macht ein wenig Angst.

»Hier – schau mal aus dem Fenster. Da sitzt er«, ruft Sina. »Wer?« »Na der Typ, der nachts immer zu Hartmut geht.« Soso. Da sitzt er auf einem der weißen Plastikstapelstühle und lauscht angedämmert der Musik aus dem Kofferradio. Ohne daß er mich sieht, kann ich ihn studieren, Fensterbankpflanzen sei Dank. Der Typ sieht auffallend gut aus. Vielleicht zwanzig, nicht älter, lange dicke schwarze Haare und ein modischer Kinnbart umrahmen ein grobes, nicht zuletzt deswegen schönes Gesicht. Er wirkt wild und jugendhaft, daß allein der Anblick, ihn ruhig inmitten dieser Hinterhofruhe sitzen zu sehen, schon etwas Anmutiges hat. Als ob es auch für ihn, sonst Zerstörer, eine besondere Situation ist. Weil er mir so gut gefällt, und weil ich finde, daß er ein smarter Grunge-Typ ist, nenne ich ihn Nirwana. Sind Maggi und ihr Schlachter also doch nicht der einzige Sozialkontakt von Hartmut. Aber daß Nirwana mit dem Bettzeug nachts vor Hartmuts Tür steht, bleibt verwunderlich. Ein Junkie? Ein Stricher? Hartmut schwul? – Nee. Glaub ich nicht. Oder ist Nirwana ein junger Streuner, Zigeuner? Schon eher. Hartmut schmeißt den Grill an. Ein richtig kleines Idyll, das auf dem Hinterhof glimmt.

Wir halten uns nicht lange im Taktlos. Die Sommernacht ist lau, die Kehle trocken, die Kohle knapp, also ab in den Park. Heute sind die Bänke gut gefüllt. Ich sehe mich um in Gesichter, die ich mag, richtig mag. Wie schnell eine Woche vergeht, merke ich immer erst, wenn ich wieder im Park sitze. Und eine neue Attraktion gibt es auch. Der Metallmülleimer zwischen den eckgestellten Bänken.

Ein paar von uns schwirren durchs Unterholz und greifen Holzbruch. Ein schönes Feuerchen lodert bereits aus dem Mülleimer. Die verfeixten Gesichter der Gegenüber leuchten auf, verschwinden, Händlein werden geheizt, ein bißchen Nostalgie, Bronx, Lagerfeuerromantik. Ein wärmender Jungbrunnen, etwas Verbotenes, und sowieso immer: Hinter der Schönheit der Flammen liebäugelt man mit der Fratze der Zerstörung. Ich will, daß das Feuer nie erlischt, der Abend immer weitergeht, ich krieche am Boden nach Ästen und finde einen dicken Holzpflock.

Gerade als das Feuer vor Funkenfreude knackt, fährt eine Polizeistreife vor. »Was machen Sie hier, wenn man fragen darf!« »Wir amüsieren uns wenn's recht ist.« »Ist überhaupt nicht recht. Ihre Personalausweise bitte. Und löschen Sie das Feuer.« Ich gehe über die Straße in meine Wohnung und komme mit einem Zehnlitereimer Wasser zurück. Hei, wie das dampft! Wir geben die Personalien preis und erhalten eine Abmahnung. Wir. Grimm, ewiger Student und Sohn. Hagen, Volljurist. Finn, Diplom-Mathematiker. Liebherr, Designer in der zum Tresor umgebauten Entwicklungsabteilung bei VW. Bauknecht, Müßiggänger. Exen, Diplom-Betriebswirt. Paulsen, freier Journalist und Karl, Historiker mit Hang zu Seewasserthemen.

Wie schnell eine Woche vergeht, denke ich, Allesaufschreiber, als wir eine Woche später wieder zur selben Zeit am selben Ort Archimedes eine lange Nase machen. Wieder wird gezündelt. Heute ist es etwas feucht. Doch irgendwann brennt auch das feuchteste Stöckchen. Weiße Rauchschwaden wabern in die Höhe. Liebherr monologisiert laut lauter am lautesten aus seiner Zivildienstzeit. »Da hab ich als Aufleger gearbeitet. Das heißt die Patienten OP-fertig gemacht und auf und ab die Tische rauf und runter gehievt. Guter Job, wenig Arbeit. Aber einmal bin ich verzweifelt. Bei der superdicken Frau mit der Fettschürze. Die schlenkerte ihr so zwischen den Beinen, da ging nichts mehr und als der Chirurg ihr den neuen Bauchnabel eingemalt hat, irgendwo zwischen den Brüsten, mußte ich rausgehen. Aber leg mal so 'ne Dreizentnerfrau auf den OP-Tisch. Mit drei Mann sind uns die Schweißperlen gelaufen.« Der Griff ins Fett gegen die Erdanziehungskraft. »Ein harter Kampf, na, aber was ich eigentlich erzählen wollte, als sie im OP-Vorraum lag und der Narkotiker an ihr rummachte, die Vene im fetten Fleisch der Arme nicht finden konnte und schon nervös zu werden begann, weil er den unter Dauerzeitdruck stehenden Chirurgen bereits auf sich zukommen hörte, da wurde es auch für ihn eng. Er flüsterte der Frau zu: Machen Sie mal kurz die Augen zu und tun sie so, als ob sie schlafen. Was sie tat. Und der Chirurg begrüßte den Narkotiker mit Handschlag und einem: Na, schläft die fette Sau endlich ...« Gelächter. Noch mehr weißer Rauch schwadet aus unserer Mitte durch die Baumkronen und zieht träge ab. Ein Fenster wird geöffnet. Ein Mann schreit: »Ey, ihr Penner. Macht das Scheißfeuer aus. Der ganze Rauch zieht in mein Schlafzimmerfenster. Ich hol jetzt die Polizei.« Und knallt das Fenster zu. »Soll er doch«, murmelt Bauknecht. »Selbst schuld, wenn er mit offenem Fenster schläft, wenn wir hier unser Feuer machen.« Ich pisse das Feuer so gut es geht aus. Es geht schlecht. Aus der Ferne leuchtet schon wieder Blaulicht. Wie die Schaben beim Einsetzen des Küchenlichts stieben wir auseinander.

Ich gehe einmal um den Block und dann in den Hauseingang. Schon lustig, daß nicht die Polizei, sondern die Feuerwehr mit großem Löschfahrzeug anrückt. Sie hält mitten auf der Straße vor meinem Schlafzimmerfenster. Da schleiche in mich hin und äuge durch den schmalen Rollspalt des Rollos. Still und hart rotierendes Blaulicht. Sechs Feuerwehrleute wissen nicht, ob sie lachen oder weinen sollen, umstehen doof ihr Löschvehikel, rollen schließlich einen kleinen Schlauch aus und machen dem Dampfspuk ein Ende.

Als Finn seine alte DDR-Anlage nicht mehr haben will, stellt er sie einfach in unseren Hausflur. Keine zwei Stunden Dunkelheit, dann ist sie weg. Die Elektroschrottsucht läßt Hartmut lange Finger wachsen. Aber das war ja seitens Finn einkalkuliert. Gilt als Sondermüll, Elektroschrott. Muß man fast dankbar für sein, daß jemand so was abgreift. Und Fernseher, mein Gott, was Hartmut schon für Fernseher ins Haus geschleppt hat.

Einmal meint er: »Das wär mein Traum. 'ne Frau. 'ne Fernsehtechnikerin. Du, die nenn ich dann Frau Grundig. Das wär doch 'ne gute Idee.« »Stimmt, schlecht ist die Idee nicht«, sage ich, »aber was machst du bloß mit den ganzen Fernsehern?« »Wieso. Die mach ich heil oder geb sie 'nem Kollegen, der sie heilmacht. Und dann verkauf ich die Sachen, entweder hier bei Elektrohändler Carlsen, oder nach privat. Joah. Da kann man was bei verdienen. Da kann man Geld mit verdienen.« Geiles Wort eigentlich, heilmachen. »Äh, was? Bei Carlsen? Was verdienen. Ist ja toll.« Abbruch des Gesprächs. Wenn die Heilmacht Heil macht, heilt Macht und macht die Heilmacht heil. Geil.

Aber nicht jeder Fernseher, den Hartmut ins Haus schleppt, läßt sich heilen oder verkaufen. Sind auch Kuckuckseier darunter. Was hier schon für Fernseherstilleben in der Gutenbergstraße gestanden haben. Phantastisch.

Stilleben eins. In der Garageneinfahrt des Reifenhändlers gegenüber steht ein kleiner Pkw-Anhänger mit großem Werbeschild. Dem steht ins Profil geschrieben *Reifen-Lütjens/ Tel. 52074.* Und eines Tages steht ein großer toter Fernseher mit auf dem Anhänger. Portable TV. At its worst.

Stilleben zwei. An der Litfaßsäule um die Ecke steht mehrere Wochen ein altes Fernsehgerät im Holzmantel. Ist es das vom Gepäckträgertransport? Wer weiß. Er weiß. Nur er. Ein anderer schlägt dem Gerät die Bildröhre ein. Wieder ein anderer reißt ihm die Rückfront mit der veralteten Miniaturelektronik raus. Echte Leichenschändung. Und das vor den Augen der Litfaßsäule, oder besser: und das vor aller Augen, die an der Litfaßsäule haften, daran abgleiten und am zerschossenen Gerät hängenbleiben. Was bedeutet ein toter Fernseher, durch den man hindurchsehen kann? Das Ende der mediengesteuerten Manipulation. Willkommen im Leben.

Stilleben drei. Mit Humor. Zwei tragbare Fernseher markieren Anfang und Ende der Parkbuchten. Hey – kannst du dahinten sehen, ob der Bildröhreneintreter kommt? Nee. Und du? Auch nicht.

Stilleben vier. Das Meisterstück. Drei riesige Altglotzen, übereinandergestapelt, so daß sie die Souterrain- und Eingangstreppen vom CDS-Geschäft, dem Computer-Drucker-Service, auf halber Tiefe völlig blockieren. Sieht wuchtig und monumental aus. Ein Kunstwerk. Der Laden repariert und wirbt an seiner Außentafel mit *Ihr kompetenter Servicepartner schnell und preiswert.* Auf der linken neongelb gestrichenen Eingangswand steht rot gesprayt *Du Halsabschneider-Türke/ Dumes Arschloch.* Ein Kunstwerk. Skandal. BILD: Tote Fernseher blockieren Zugang zum Computergeschäft.

Der Technikkanzler: Wir müssen die toten Fernseher wieder vermehrt in die elektronische Gemeinschaft integrieren. Das Tempo ist für viele von uns zu hoch geworden. Da bleiben unsere älteren Schwarzweißmodelle auf der Strecke. Dem muß ein Ende gemacht werden. Tote Fernseher, ich rufe euch hiermit auf. Organisiert euch. Protestiert. Laßt euch euer Schicksal nicht aus den Kanälen drehen. Wollt ihr wirklich als Sondermüll enden? Neinneinnein, schreien die toten Fernseher. Wir wollen noch was von unserem Leben. Wir wollen zumindest noch etwas be-deu-ten. Et voilà: drei von ihnen aufeinander bedeuten schon eine ganze Menge.

Hartmuts Beziehung zu Maggi und Fred ist von Aufs und Abs geprägt. Um ein Auf zu bewerkstelligen, pflanzt Hartmut schon mal den einzigen kleinen Lebensbaum aus unserem Hofgarten aus. Um ihn im Nachbarhofgarten unter Maggis Regie wieder einzubuddeln.
Der Zaun, der die Höfe von unserem und deren Haus trennt, hat ein Loch, das Hartmut als Einstieg in die fremdhöfische Sozialisation dient. Manchmal, wenn die Zeichen gut stehen, schlüpft er durch und sitzt als akzeptierter Phrasenhörer mit in der Bretterlaube. Hartmut streichelt den Hund.
Maggi und Fred haben einen großen Bekanntenkreis, es wird gebechert, gegrölt, die Frisbeescheibe geworfen. Es kann allerdings auch passieren, daß Fred mit einer großen Wellpappe das Zaunloch zustellt, um Hartmut zu sagen: Bleib wo du bist, wir wollen dich nicht. Dann sitzt Hartmut auf einem seiner Plastikstapelstühle und wendet alle drei Sekunden den Kopf in Richtung Treiben und Nähe, dann reckt er sich regelrecht den Hals nach etwas Wahrnehmung. Auch ein Geist ist kein Nichts. Was einen Geist mit den Menschen verbindet,

ist, daß er ist. Und daß er in seinem Sein wahrgenommen werden will. »Na, bist du wieder da?« fragt Hartmut freundlich, als er Fred auf den Hof kommen sieht. Und Fred sagt: »Ja. Du kleiner Wichser. Du.«

Hartmut lockt den Hund mit Süßigkeiten an den Zaun und streichelt ihm durch den Maschendraht das graue Fell. Als Hartmut seine Haare geschnitten bekam, sah ich darin erstmalig graue Strähnen und es berührte mich. Hartmut, der gestrandete weise Mann. Vielleicht wird man zum Geist, wenn niemand die Weisheit wahrnimmt.

Hartmut streichelt das graue Haar des Hundes. Das Tier mag Hartmut, leckt ihm durch den Zaun die Hand, doch das Paradies hinter dem Paradies bleibt für heute verschlossen.

Und dann wieder kann ich gar nicht glauben, was ich sehe. Voll besetzte Sitzgruppe in Maggi und Freds Laube. Mit dem Rücken zu mir sitzt Fred mit bloßem Oberkörper. Hinter ihm steht Hartmut und massiert ihm den Rücken. Archaisches Bild. Hier funktioniert die Hackordnung noch. Ich werde nicht schlau aus diesem Bild und breche alle Grübelei darüber ab, werte es als eine Art Deal. Zeig allen, daß ich der Pascha bin, dann darfst du bleiben. Und jetzt los, ich bin verspannt, massier mir den Rücken. Kann es eine Erniedrigung sein, anderen Glück in Form von Macht und Entspannung zu bringen? Hartmut akzeptiert sein Schicksal und legt Hand an den Fleischernacken.

Daran erkenn ich ihn, wenn ich nachts im Bett liege und die Sinne öffne. Wundere mich schon eine ganze Weile, warum ich neuerdings zwischen halb vier und halb fünf gegen alle Gewohnheit wache. Hartmuts Nachtaktivität ist die Ursache, wie ich erst später bemerke, denn wenn er seinen Nachtkrach macht und ich mich langsam aus der Tiefschlafphase strecke und recke, sind die Geräusche längst ausgeklungen und vorbeiverhallt. Dem langsam anlaufenden Gehirnmotor ist die Rekonstruktion der Weckursache nicht möglich. Doch das ändert sich. Nachdem ich die ersten hundert Nächte sozusagen unbewußt aufwache, beginnen Körper und Blase sich auf die Nachtwachphase einzuschießen. Als ob einen ein Sensibilitätsschirm umgibt, durch den die Sinne ausschwärmen. Und wenn sie Hartmut erst einmal erfaßt haben, dann meist schon, bevor er im Treppenhaus Licht und Lärm macht. Dann höre ich sein Doppelschniefen und das Rattern der Nabe, wenn er sein Rad durch den Hausflur schiebt. Der Lichtschalter klickt, ich öffne die Augen und mir eine Vorstellung von dem, was nun vorgeht.

Boxen, Stereoanlagen, Fernseher, Marmortische, Kühlschränke und Gefriertruhen werden im Haus verstaut. Manchmal poltert er mit seinem Bollerwagen, den er eigens zu diesem Zweck auf dem Hof unter unserem Balkon deponiert, über die Treppen. Und zwischendurch immer sein Schniefschnief. Mal fällt das provisorisch im Treppenhaus abgestellte Fahrrad blechern und laut auf den Terrazzoboden, mal wird geächzt, gestöhnt, und immer die Hinterhoftür mit einem lauten Knall geschlossen. Die Beute wird in einem der vielen Sperrmüllrefugien im Haus verstaut, seinem Keller, dem Heizungskeller, in den ehemaligen Toilettenkammern, im Treppenhaus, auf dem Dachboden oder schlicht auf dem Hinterhof.

Obwohl Hartmuts Leidenschaft schwerem Elektrogerät gilt, hamstert er auch andere Dinge, die im und fürs Leben benötigt werden. Das ist wie Sport. Nie mehr etwas kaufen zu müssen, keine Kleidung, keine Bilder, keine Musik, keine

Zeitschriften. Genügsamkeit als Programm. Mit dem wenigen zufrieden sein, das die anderen nicht mehr haben wollen, sich Kleidung aus Rotkreuzsäcken herausfummeln, fremde Bildprogramme in der eigenen Wohnung aufhängen, die verschmähte Musik anonymer Mitbürger hören. Seine eigenen Interessen werden von den verlorengegangenen Interessen anderer absorbiert. In Hartmut manifestieren sich veraltete Wohlstandsprogramme. Er führt sie wieder durchs Stadtbild. Ein wandelnder, toter Zeitgeist, der seine schmutzigen Hände nach allem und jedem streckt, zupackt. Und einsargt. Allerdings scheint ihm in seiner Ergattersucht die spontane Selektion nicht leichtzufallen. Zuviel schleppt er an, stopft seine Refugien voll, bis sie platzen. Erst dann wird ein Teil des erlesenen Mülls sondiert, als das erkannt, was er für andere immer schon war. Wertlos. Und dann verstopft sein Metamüll die Hausmülltonnen und blockiert anderen Mitbewohnern jede weitere Entsorgung. Dann quillt mir stinkend der Küchenmüll.

Neuerdings kommt ein neuer Postbote zu einer neuen Zeit. Die Post kommt nun nicht mehr am frühen Nachmittag, sondern neun Uhr morgens. Das heißt, daß ich den Tag einen halben Tag früher beginnen kann.
Netter Typ, der Neue. Zwar Schnauzbart und Vornekurzhintenlang-Frisur, dennoch, netter Typ. Immer freundlich, immer ansprechbar. Ein gutes Verhältnis zum Postboten ist wichtig, wenn die Tage von der Post abhängen. Wenn der alte Postbote nur einen Brief für unser Haus hatte, ist er an der Haustür glatt vorbeigegangen. Meist war der Brief für mich, wie ich einen oder mehrere Tage später am Briefstempel feststellte. »Für *einen* Brief lauf ich doch keine Treppen«,

sagte er, was ich nicht verstehen wollte, da ich im Erdgeschoß wohne.

Überhaupt ist unsere Straße als Posttour verpönt, da es über vierzig Häuser mit Briefschlitz an den Wohnungstüren gibt, was heftig Treppensteigen bedeutet. Bei den Postboten unserer Straße dürfte die Verdauung stimmen. Ich frage den neuen Postboten nach dem alten Postboten: »Mußt du aber für dich behalten. Der hat Scheiße gebaut. In Post reingeguckt und so. Ist entlassen worden.« »Also Geld geklaut.« Der neue Postbote nickt. Kann mir auch vorstellen, wofür er das Geld braucht, denke ich, denn ich sehe den alten Postboten mit seiner häßlichen Frau fast täglich in der Spielothek am Ende unserer Straße. Wenn die Tür dort morgens offensteht, damit der Muff aus Rauch, Schweiß und Elektronik abziehen kann, sehe ich seine schmächtige Gestalt auf einem Barhocker vor dem bunt leuchtenden Daddelautomaten mit den drei Drehscheiben. Und die Drehschreiben drehen. Und der Automat singt seine Siegerliedchen. Und die häßliche Frau steht daneben und raucht. Einmal sehe ich die beiden auf dem Flohmarkt ein wenig Habe mehr schlecht als recht verkaufen. Zwischen ihnen sitzt ein erwachsenes, behindertes Kind. Ihr Kind. Nachdem ich gegrüßt habe, überkommt mich ein Schweißausbruch.

Der neue Postbote steht in der von mir aufgehaltenen Haustür, während er Details aus den Diebstahldingen erzählt und ich meinen Gedanken nachhänge. Dann ändert sich die Gesprächssituation abrupt und von zwei Seiten. Hartmut kommt die Treppen hinab, grüßt und verschwindet auf den Hinterhof, während Alam, der freudliche Pizzabäcker aus dem Nachbarhaus, grüßend an uns vorbeiläuft und zum Gespräch stehenbleibt. »Was ist er eigentlich für einer. Ist der behindert oder so?« fragt der neue Postbote. »Das ist Hartmut«, sage ich. »Der ist nicht behindert. Nur nachtaktiv.« Und Alam, der freundliche Pizzabäcker, glotzt mit einem Ausdruck, der besagt, für was für einen unzurechnungsfähigen Abschaum er Hartmut hält. Was mich wundert. Alam ist Perser. Er wird wissen, was es heißt in Deutschland wegen Abweichung von der Spießernorm geringgeschätzt zu werden. Dieser Blick. Da ist aber auch gar nichts von leben und leben lassen drin.

Ich spüre, wie sehr Hartmut vom Hinterhof seine Ohren gespitzt hält. Sofort hat er gewittert, daß von ihm die Rede ist. Und ich spüre, wie sein bohrendes Hören in mich dringt, in mich, der ich gerade freundschaftlichen Schwatz mit Menschen halte, die ihn bis aufs Knochenmark verachten. Ich fühle mich unwohl in meiner Haut und lasse den Fuß von der offenstehenden Haustür. Beende damit das Gespräch und breche allen alle Blickkontakte ab.

Kurz vorm Verblassen, doch Sina läßt die Augen verschlossen. Sie ist wach, wir haben auch schon geredet, worüber weiß ich nicht mehr. Wohl aber, daß Sina, den Kopf wieder eingesunken im Kissen, den Mund öffnet.

»Zwei große Schaufenster. Die Schaufenster sind bis oben hin zugestellt mit Elektroschrott, Receivern, Kassettenrecordern, Tunern, Plattenspielern, Videoapparaten undsofort. Neonlicht blitzt aus den Zwischenräumen der gestapelten Elektronik. Als ich am Eingang zwischen den Schaufenstern vorbeikomme, flutet mir das grelle Kunstlicht derart vor die Füße, daß ich weiß: Ich kann nicht anders als hineingehen. Geblendet trete ich ein. Es braucht das Verklingen der Türglocke, bis sich meine Pupillen in dieser künstlichen Helligkeit soweit verengen, daß ich sehen kann. Es ist ein Teppichgeschäft. Verschiedene Teppichhaufen gleicher Größe liegen nebeneinander. Zwischen ihnen befinden sich Gänge. Ich stehe im Hauptgang. Seltsame Teppiche sind das. Die meisten aus silbernem Stoff, mal matt, mal glänzend. Doch ich sehe auch anthrazitfarbene, sogar goldene Teppichhaufen. Zuerst sind mir die Musterungen der Teppiche nicht weiter aufgefallen. Doch als sich mein Blick an den Teppichen unmittelbar neben mir festbeißt, laufe ich Gefahr, in den Mustern zu versinken. In den geometrischen Randmusterungen verlieren sich die Augen in fein stilisierten Schalttafeln, Leitungen, Diodensystemen. Die meist etwas helleren Fonds teilen sich in verkabelt ummusterte Medaillons. In den Medaillons wiederum herrscht stets dasselbe geknüpfte Motiv. Fernseher. Matter anthrazitfarbener Rahmen, bleiglänzender Bildschirm. Ich erkenne sie erst gar nicht als Fernseher, weil sie sich auf allen Teppichen so ornamental summieren. Doch dann bin ich die hüfthohen Gänge zwischen den Haufen durch. Ich versuche mit den Fingern in den kurzgeschorenen synthetischen Fadenstücken die Schalttafeln entlangzufahren, will etwas vom Zusammenhang verstehen. Ein absonderlich schöner Glanz geht von den textilen Bodenschätzen aus. Die Leitungen der Schalttafeln gehen linksrechts, zickzack, sammeln sich, bündeln sich und verlieren sich wieder. Und ich selbst bewege mich ebenso zwischen den Teppichhaufen. Plötzlich treffe ich wieder auf den Hauptgang. Ich weiß noch, wie ich überlege, ob ich zurück zur Tür oder in die entgegengesetzte Richtung abbiegen soll.«

Zwei Augenblicke Pause. »Ja und?« »Ehrlich gesagt, ich weiß es nicht mehr. Ich glaube, dann bin ich aufgewacht. Und jetzt brauch ich dringend eine Tasse Kaffee. Ich hab nämlich Kaffeedurst.« Schlaf doch noch ein bißchen, denke ich. Vielleicht kommst du dann im Teppichgeschäft weiter. Und: Schade-schade, Kaffeedurst, ein furchtbares Wort. Irgendwie ein Frauenwort. Wie Knackpunkt. Auch so ein scheußliches Wort, das ich bisher nur aus Frauenmund gehört habe und das mich anekelt. Ich habe wenig Lust, beim Funkenschlag Intelligentias an Knackwürste zu denken. An Schlachtung und Stopfung.

Morgens um halb sechs mit Sina auf dem Flohmarkt. Wir sind schon einige Zeit unterwegs. Die Tapeziertischgänge auf dem Rathausmarkt sind durchgeforstet, Stress für die Augen, die im langsam aufkommenden Tageslicht und Schrittempo das komplexe Gekröse auf den Tapeziertischen absuchen. Ein Ber-liner Kuddelmuddelhändler packt gerade eine kleine graue Steinfigur aus und legt sie auf die ausgeschlagene Samtdecke, als ich innehalte. Sie ist schön. Von Proportionen, Gesichtszü-gen und Faltenwurf in romanischer Tradition. Ich nehme die Figur in die Hand. »Ist die aus Zement oder wie?« frage ich. »Needu. Det weeß ick nich«, sagt der Händler. »Hab ick mit 'm janzen Posten mit uffjekooft.« »Was willst du denn dafür ha-ben.« »Ick dachte so an virzich, wa.« Ich lege die Figur zurück auf den Tisch und schlendere weiter. »Was willste denn ausje-ben?« ruft er mir nach. »Na ja, 'n Zwanni vielleicht.« »Det is zu-wenich. Dreißich.« »Okay, achtundzwanzig.« »Also jut.« Er wickelt die Figur zurück ins Zeitungspapier, ich stecke sie in die Jackentasche und ihm das abgezählte Geld zu.

Glücklich sein und weitergehen. Sina ersteht noch ein ge-rahmtes Engelbildchen, das, wie sie meint, herrlich an unsere gelben Toilettenwände paßt. Es ist Viertel vor sechs und wir begeben uns zum obligaten Frühstück. Tante Ellis Grillstation nähert sich, ich überlege, ob Currywurst oder vier Kleine Würstchen, als ein »Hallo« von der Seite kommt.

Die winkende Hand gehört Hartmut. Neben ihm sitzt Nirwana und lächelt. Wir gehen an der Rückwand der Deutschen Bank entlang zu ihrem Stand. Sie sitzen auf Campingklappstühlen und haben als Einzige der Verkaufsreihe keinen Tapeziertisch, sondern eine großkarierte Decke auf dem Boden liegen. Darauf allerhand elektrische Geräte von gestern und vorgestern. »Wie läuft's?« fragt Sina, und ich schieße hinterher: »Kann man mit sowas Geld verdienen?« Beide nicken. Hartmut sagt: »Er hat schon ein paar Hunderter gemacht.« »Was ist denn das für Zeug?« frage ich Nirwana. »Monitor für Herztonkurven, Steuergerät, Kehlnahtmeßlehre, Kleindrehtisch, Kippanschluß für Starkstrom, Gewindeschneider, ein paar Türschlösser, Radios aus den Dreißgern mit Röhrenverstärker und Kleinkram«, erklärt mir Nirwana, in der Luft die Highlights seines Standes abtippend. Netter Kerl, denke ich. Hat was drauf. All das Wissen über schöne Elektrooldtimer. Merkt man ihm gar nicht an, wenn er bei uns auf dem Hof mit Hartmut sein Fahrrad repariert. »Jadann noch viel Glück.« Der Lockruf der Würstchenbude. Nirwana strahlt. Hartmut strahlt.

Zu Hause endlich der Moment, auf den ich mich die ganze Zeit gefreut. Wir liegen bereits im Bett, um etwas Schlaf nachzuholen. Vorsichtig wickel ich die Figur aus dem Papier. Vom Sockel ist eine kleine Ecke abgeschlagen. Hier zeigt sich das Material, hellbeige und eben glitzernd beim Wenden in der Hand. »Du, das ist kein Beton«, sage ich zu Sina. »Sondern?« »Ich glaube, das ist Sandstein oder so was.« Ich betrachte die Figur. Ein Mann mit halblangen Haaren, Barttracht und höfischer Scheitelfrisur. Er steckt in einer Kutte.

Die linke Hand liegt auf dem Herzen. In der rechten hält er eine Blume, Sinnbild des Wachstums und der Schönheit. Die Blüte hat sich im Licht der Erkenntnis bereits geöffnet. Allem Anschein nach ein geläuterter Mann. In den steingemetzten Furchen der Figur hat sich schwarzer Schmutz abgelagert. Der Rücken ist flach und hell. Auch unterm Sockel gibt es eine hellere runde Stelle. Sina ist eingeschlafen. Ich hätte ihr jetzt gern erzählt, daß ich glaube, die Figur ist ein Apostel, ein Heiliger oder so was. Und daß ich glaube, daß sie samt Sockel aus einem Kirchenportal herausgeschlagen wurde. Mit dem flachen Rücken nun nicht mehr an der Wand ist, sondern als Ausdruck übler Kunstschändung in meiner Hand.

Wieder ist Donnerstag. Und wieder nachts im Park. Das große Geschnatter. Drei von uns sitzen auf je einer Bank, Bauknecht und ich stehen zwischen den Bänken und wenden unsere Hälse mal hier mal dort, um nach Gedanken- und Gesprächseinstiegen zu haken. Aus der Ferne brüllt es »Helga!« Ich entferne mich aus mir, versuche mich umzusehen mit dem Blick eines Fremden und bin froh. Guter Abend, gute Leute, mit denen ich hier sein darf. Und das habe ich auch noch nicht gewürdigt. Das Gärtner-Knastkommando hat mit Heckenscheren das Buschwerk gekappt. Aus der Ferne brüllt es »Helga!«
Ein richtig aufgeräumter Park, in dem ich hier stehe. Fein gestutzte Sträucher, von verschiedenen Seiten ist wieder Ein- und Aussicht auf die Bänke und, ich begebe mich kurz auf den Boden zur Überprüfung, alle kleinen Stöckchen sind aus dem Unterholz gesammelt. Kein Holz, kein Feuer. Ist ganz einfach. Macht aber nichts. Dann stinken die Klamotten am nächsten Tag eben nicht. »Helga!«

Der Ruf kommt in immer kürzeren Abständen. »Ssst.« Hagen und Exen liegen bereits auf dem Kugelgebüsch und spannen über die Straße auf den Helgarufer. Steht da vorm Haus, schaut zur einzig beleuchteten Wohnung im zweiten Stock hoch, trichtert seine Hände um den Mund und ruft immer wieder »Helga!«

Nun hocken wir alle im am um das Kugelbuschwerk. »Hier!« ruft Bauknecht, der als Letzter zu uns stößt, weil er noch pinkeln war. Der Rufer sieht zu uns in die Dunkelheit. Er ist groß und kräftig, vielleicht vierzig Jahre, steckt in einem Westernfilzhemd und dreht sich wieder um. Unbeirrbar ruft er weiter. Variation »Helga. Mach auf. Ich weiß, daß du da bist.«

Da geht im zweiten Stock das Fenster auf, und ein alter Sack in Feinrippunterhemd lehnt sich über den Rahmen. »Hau endlich ab. Helga kommt nicht.«

Unbeirrbar. »Helga! Komm jetzt da raus.«

Ein zweiter Mann, dick, im roten Poloshirt, erscheint im anderen Wohnungsfenster. Der Rufer läßt sich nicht beruhigen, im Gegenteil, er kürzt die Pausenintervalle ignorant weg und ruft und ruft. Dann geht im Treppenhaus Licht an. Unsere Vorfreude kennt kaum mehr Grenzen. Wir sehen nun Helgas Lockenkopf. Sie steht allein am Fenster und sieht fast teilnahmslos auf die Straße. »Oh, Helga. Ich liebe dich. Bitte komm jetzt.« »Geht nicht. Zu spät.« »Du sollst kommen!« Die Haustür wird geöffnet, und Rotpoloshirt poltert: »Hau ab.« Der Rufer stürmt auf Rotpoloshirt zu. Man rangelt, drückt und schubst, ein kräftiger Schlag ins Gesicht, Rotpoloshirt geht zu Boden und auch Unterhemd, der noch zu Hilfe eilt, bekommt seine Quittung mit der flachen Hand mehrmals auf den weißhaarigen Hinterkopf geschlagen. Fasziniert schauen wir, bis das Treppenhauslicht erlischt und, unbegreiflich, das Licht in der Wohnung im zweiten Stock ebenfalls schlagartig wegschwärzt. Einfach nur Schwärze und Stille und Ende.

Die Sache wird eine Woche später noch unbegreiflicher. Eben haben wir uns auf der Parkbank zugefeuereult, als eine Frau mit Lockenkopf in die Dunkelheit des Parks in unsere Arme läuft. »Entschuldigung. Hab mich ausgeschlossen. Darf ich hier ein bißchen bei euch sitzen?« »Aber ja.« »Ich bin Helga. Und was macht ihr so?« Wir lachen.

»Ich bin Hagen und arbeite als Rechtsanwalt.« »Oh, darf ich ein Schlückchen von Ihrem Bier, verehrter Herr Anwalt?« »Aber ja.« Die Alte geht richtig ran, setzt sich dem Herrn Anwalt auf den Schoß, kokettiert hier, tätschelt dort, nimmt einen Schluck aus seiner Dose, fährt ihm mit feingliedrigen Fingern um die rasierten Gesichtstellen, schnorrt sich bei mir eine Zigarette und eben, als Grimm ihr ein Streichholz unters Gesicht zündelt, sagt sie, daß ihre Mutter 1901 geboren sei. In Millisekunden schrumpelt ihr Gesicht um Dekaden.

Jetzt beobachte ich Hartmut schon fast einen Sommer. Manchmal kralle ich meine Gedanken in ihn, und ich könnte schwören, ich verursache ein Ziehen in ihm, so einen leichten Sog, eben groß genug, daß er ihm nicht verborgen bleibt. Gerade wenn ich mir die ungeheuerlichen Hartmutgedanken verwässere, wenn wir unsere schlichte Wirsindwiewirsind-Ebene finden, dann glaube ich, daß wir uns aneinander erfreuen. Etwa wenn ich täglich mein klappriges Damenrad aufpumpe, weil ich seit einem Vierteljahr einen Platten im Vorderrad habe, dann sind Hartmuts Sprüche eine Streckbank für gute Laune. »Du, dein Fahrrad wird bestimmt auch mal tausend Jahre alt.« Pumppump. »Meinst du?« Pumppump. »Jahaha. Du, es müßte Fahrräder ganz aus Eisen geben. Auch die Reifen aus Eisen. Alles aus Eisen. Das wär doch was. Dann hast du keinen Plattfuß mehr. Wär das nicht schön?« Pumppump. »Klar, das wär 'ne Wucht, Hartmut. Vor allem auf Pflasterstein. Schön mit 'm Eisenrad auf Pflasterstein, das würde scheppern und schmettern und bums, liegst du auf der Schnauze. Da pump ich doch lieber.« »Und ein Wetter ist das heute. Du, jetzt ham wir bald wieder Weihnachten.« »Na, ein bißchen ist ja noch hin bis Weihnachten.« Ein bißchen ist es noch hin, bis unsere Gespräche uns im Irrsinnsbrunnen ertrinken lassen. Auch die Freundlichkeit nickt nicht nur zu. Sie fordert, will bedient und bedacht werden. Wir kommen der Forderung so gut es geht nach, doch wir sind zu langsam. Täusche ich mich, oder schwindet die Freundlichkeit ganz allmählich, verlieren wir sie aus dem Blickfeld? Rückt das Böse von hinten nach, durchdringt die Hauswände und beseelt unsere Seelen. Sina jedenfalls kann den Vorfall mit der ungeklärten Lichtquelle in meinem Zimmer nicht vergessen. Ich muß ihr versprechen, ein neues Schloß in die Wohnungstür einzubauen. Geister kennen keine Materie, sie bewegen sich in einem aufgelösten Kosmos, denke ich, als ich mit dem neuen Schließzylinder im Baumarkt an der Kasse stehe.

Die größte Entfernung im Haus empfinde ich zur vierten Etage. Das wird mir bewußt, wenn ich die Wäsche auf den Dachboden bringe. In der linken Etagenhälfte wohnt eine unscheinbare Nachtschwester. Selbst wenn ich mich anstrenge, kann ich ihr Gesicht schwer abrufen. Sie hat ein häßliches Zuspätgesicht, das heißt wenn ich ihr im Hausflur entgegentrete, überlege ich immer erst, ob ich ihr schon einmal begegnet bin, und dann ist es auch schon zu spät. Wir sind aneinander vorbei, haben uns knapp zugegrunzt, und ich ärgere mich, nicht unfreundlicher zu ihr gewesen zu sein.

Das Nachbarpärchen ist interessanter. Kathrin ist Mitte dreißig, hat langes blondes Zopfhaar, raucht und joggt jeden Morgen. Sie strahlt diese Zielstrebigkeit aus, deren Richtung mir immer verborgen geblieben ist. Keine Ahnung, was sie morgens aus dem Bett treibt. Nur so viel gibt sie mir zu verstehen: Sie fotografiert leidenschaftlich. Ausschließlich Insekten in ihrem Balkonbiotop. Wir reden über die geringe Schärfentiefe oder Tiefenschärfe beim Einsatz von Nahlinsen und daß die Priorität der Insektenfotografie ähnlich der Portraitfotografie ist. Die Facettenaugen gehören scharf gestellt, damit man befriedigt von Angesicht zu Angesicht blickt. Sie redet über Hummeln, die kopfunter auf kleinen Blüten sitzen, weil ihr Gewicht den Stengel um hundertachtzig Grad umbiegt. Über die Fleischgier der aggressiven Wespenkommandos im Spätsommer. Über das Massensterben von Eintagsfliegen, von denen sich manche noch am zweiten Tag bewegen.

Knut, ihr Freund ist vierzig, hat ebenfalls gezopftes Blondhaar und ein ledernes Indianergesicht. Er bewegt sich zackig, sein Herrenfahrrad ist von der puritanisch abgewrackten Sorte. Nicht anders die Manieren, Minimalmanieren, die dir die Haustür vor der Nase zuschlagen. Doch ich mag ihn. Als er mir in einem ruhigen Moment erzählt, mit seiner Arbeitskraft eine sommerliche Arbeitsbeschaffungsmaßnahme als Friedhofsgärtner zu füllen, finde ich, das paßt.

Kathrin und Knut scheinen die Umweltproblematik ernst zu nehmen. Jedenfalls sehe ich mehrmals, wie Knut mit Hartmut vor dem geöffneten Deckel des Papiermülleimers steht, einige Lagen Pappe hebt, um dann nach einem tragbaren

Schwarzweißfernseher oder einem Element aus einer Stereoanlage zu greifen. »Hartmut. Das geht nicht. Das ist eine Papier-müll-ton-ne. Und kein Schrottplatz. Das kannst du nicht machen. Ich weiß nicht, wie oft ich das dir schon gesagt hab, ich sag's noch mal. Du sollst keinen Schrott in die Papiermülltonne werfen. Mensch, da kriegen wir richtig Ärger. Willst du das!« Erinnerungen! Alle her zu Manni dem Büßer. Erwachet! Doch Hartmut ist kein Büßer. Hartmut ist Stoiker. Hartmut steht den Blick aufs Übel schlicht aus, vergißt und wiederholt. Gegen alle Natur: Hartmut fährt sein Programm.

Maggis Balkon liegt unserem gegenüber im ersten Stock. Der Balkon gehört Maggi allein, denn Fred habe ich bisher noch nicht darauf gesehen. Maggis Balkon ist ebenso bunt wie zugewuchert. Einzig die gelbe, halbtransparente Wellplastikschürze verleiht dem Auge eine ruhige Fläche zum Ausruhen. Darüber allerdings geht es rund: lilaweiße Petunien trompeten gute Blütenlaune aus beiden Blumenkästen, ein Kraut rankt üppig aus der weißen Plastikblumenampel neben der Balkontür. Auch jeder andere Gegenstand hat seinen Platz im Völlereiz. Bunte Wäscheleinen kreuz und quer mit bunterem Wäschebeutel, das Vogelhaus, Leiter, Eimer, Handfeger und vor allem der riesige blaue Windbeutel an der Balkonwand mit applizierter Sonnenblumenblüte und ein Meter langen grünen und gelben Stoffschwänzen. Kuddelmuddelmania. Auf die Innenseite des Balkontürfensters ist das schwarze Silhouettenschema eines Raubvogels geklebt. Vögel und Augen: Bitte nicht hier gegen fliegen! Obwohl Maggi laut unser Haus hochredet, kann ich nicht genug verstehen. Ich muß die Balkontür öffnen, tue dies vorsichtig und robbe mich ins Freie. »Doohoch«, sagt Hartmut gerade. »Ich weiß, was Muschis sind. Das weiß ich.« »Warst gestern mit meinem Fredi los oder wie?« »Neehe, ich weiß, was Muschis sind. Ich kenn sogar rasierte Muschis. Hab ich schon mal gesehen. Rasierte Muschis. Drüben bei Mutti Horn hatte Lilo 'ne rasierte Muschi. Und die hat mich gefragt ob ich mit ihr mitwill.« »Ach, Hartmut.« »Jaaha.« »Sag mal, was hat denn gestern der Arzt zu dir gesagt.« »Bin nicht zu ihm reingewesen.« »Was? Du bist nicht hingewesen?« »Weißt du, ich kann so was nicht. Hier, Frau Bünning aus 'm Haus war mit, und als wir da im Wartezimmer saßen, bin ich weggelaufen.«

»Was? Das mit den Muschis, das hat er gesagt?« Sina will es nicht glauben. »Der ist nicht ohne, der Typ, ich hab's immer schon geahnt. Der ist gar nicht so doof, wie er tut. Das macht er bloß, um als Unberechenbarer einen Freischein in den Augen seiner Mitmenschen zu bekommen. Das ist seine Masche. Sein Schutzschild. Dahinter steckt vielleicht ein übler Typ. Richtig böse.« »Kann ich mir nicht vorstellen. Obwohl: wer weiß?«

Ich weiß nur eins, daß auf Maggis Chaosbalkon jeden Tag Wäsche hängt. Viel Wäsche. Jeden Tag. Es gibt auch viel zu waschen: Weißwäsche, Buntwäsche, Bettwäsche, Unterwäsche und Überwäsche, Freds Schlachterschürzen, Stoffbeutelchen und Handtücher. Maggi ist ein richtiges Waschweib, ein Reinigungsteufel, der sich die ganze Freizeit wegwäscht. Zweimal die Woche hängt das Badezimmerduo an der Wäscheleine. Der neontürkise Toilettenvorleger mit dem passenden frottierten Klosettdeckelüberzug. Pinkelt wohl gern im Stehen, ihr Fredi.

Der Kunstpelzmantel im Fahrradkorb. Stilleben an diesem sonnigen Neunuhrmorgen, das gut tut. Das Fahrrad ist um den Laternenmast neben der Haustür geschlossen. Es ist das Fahrrad, das ich vor einigen Wochen hinter einer Bushaltestelle gefunden habe. Es ist mein Fahrrad, mein Fahrradkorb und nun mein Kunstpelzmantel. Nur will ich dieses Stück Kleidung?

Ich hebe das Kunstfell am Kragen, blicke die gute Verarbeitung, fein vernäht, das ganze mit Geschmack und Yessika-Emblem, Schnitt fünf Jahre veraltet, auf Mittvierziger geschnitten. Da wollte ein Frauenzimmer wohl ihre Fünfzig gleich mit in die Altkleidersammlung stecken. Hatte bloß Hartmut, den Sperrmüllkönig, nicht mit auf der Jungbrunnenrechnung. Und der macht mit seinen schmutzigen Nägeln einen Fingerzeig, der sich einbohrt, ins dünne Plastik des Rotkreuzsacks, der das Möchtegern der leer gepumpten Herzen durchbohrt, der jede Hülle aufreißt und die Kerne der weichen Hirne ans Nachtlicht zerrt, um sie ans Tageslicht zu bringen.

Hier liegt er nun, der braune Kunstpelz. Ich lasse ihn im Fahrradkorb liegen und gehe ans nächste Eck, um Brötchen zu kaufen. Denke mir, denke ich beim Gehen, daß er dabei an meine Freundin gedacht hat. Daß er glaubt, der Mantel würde ihr gut stehen. Und ich überlege am Glastresen der Bäckerei, ob er Recht behalten soll. Denke dann, daß derlei pelziges Textil mit geoutetem Outschnitt kaum Chance hat, von ihr ausgeführt zu werden. Nichts ist älter als das, was vor fünf Jahren neu und Ware war. Und nichts ist älter als das, was die Elterngeneration heute ablegt. Nein, denke ich, das wird nichts mit Freundin plus Kunstpelz. Und die höfliche Annahme aus Feingefühl und Rücksicht ist auch bloß ein Bumerang, in dessen Luftzug nur weitere höfliche Annahmen aus Feingefühl und Rücksicht wehen. Und das Gefühl, in der

Schuld zu sein, macht unfrei, und ich möchte mich frei dem Sperrmüllkönig nähern und fernen.

Als ich wieder am Fahrrad bin, schnappe ich den Kunstpelz und lege ihn auf die Motorhaube des Nächstbesten. Einszweidrei blicke ich mich und fixe fest die Haube eines weingeröteten Mercedes. Ja, hier liegt die Stofflichkeit. Und liegt hier besser denn je. Muß mich direkt noch mal danach umdrehen, bevor ich im Hauseingang verschwinde.

Geist haben bedeutet nicht Geist sein. Wenn man das ist, was man haben sollte, wenn man das denkende Bewußtsein einfach nur ist, für einen flüchtigen Moment, dann ist das etwas anderes, als wenn man es mit Löffeln gefressen hat, denn dann bleibt es in einem auf Lebzeit und strömt aus den Gedanken. Doch wer Geist ist, bleibt Geist über Lebzeit hinaus. Der bringt, ob erlöst oder in seinem Totenkörper gefesselt, Glück oder Unglück, nennt sich Engel, nennt sich Dämon und vermittelt zwischen den Menschen und den Göttern. Manchmal weiß man nicht so genau, wann ein Geist aufhört und ein Gott anfängt.

Geister sind selten freundlich gesinnt und müssen daher stets versöhnt werden. Meist müssen sie noch die Körper der Toten mit sich rumtragen. Bei Hartmut könnte das der Fall sein. Manchmal werden auch nicht mehr verstandene Heilige zu Geistern. Bei Hartmut könnte das der Fall sein.

Die Wesensart der Geister ist abhängig von den Auffassungen ihrer unmittelbaren Umgebung. Und sie ist abhängig von den unvergänglichen Elementen eines jeden Geistes: dem Namen, der Lebenskraft und der Macht.

Name: Hartmut Hellmann. Lebenskraft: Eltern tot, weitergemacht. Ersatzeltern tot, weitergemacht. Macht: nachts über die unbelebten Gegenstände sämtlicher Straßen der Stadt.

Wenn man bloß für Hartmut ein paar Begräbnisriten fände, dann könnte man sich die Gunst oder wenigstens die Nichteinmischung seines Totengeistes sichern. Ich wünsche ihm die Loslösung der Seele von der lebenden Leiche. Ich wünsche ihm die Entmaterialisierung seiner mit allem verbundenen Gedanken. Denn als Geist mit einem Körper bewegt man bloß noch die Luft, die man als entmaterialisierter Geist, als *spiritus ordinarius* selber ist. Dann geht jeder eigene Antrieb, jede Aktivität in dem Strudel des Bewegtwerdens, der Passivität verloren, löst sich darin auf und löscht alle Strotzkraft gegen die Natur. Wird mit ihr eins.

»Weißt du«, sagt Sina, die mir im Wohnungsflur mit einem Wäschekorb samt Inhalt entgegenläuft, »was ich eben gedacht habe, als ich über den Hof in den Heizungskeller bin? Ich habe gedacht, daß eigentlich die Blätter auf dem Hof mal wieder zusammengefegt werden müßten. Und als ich die Wäsche abgenommen und wieder auf den Hof laufe, steht Hartmut da mit Besen und Schippe, um die Blätter zusammenzufegen.«

Das Sender-Empfänger-Prinzip funktioniert eben in diesem Haus, denke ich, und ich denke, warum Sina die Wäsche lieber im Heizungkeller trocknet als auf dem Dachboden, den ich präferiere. Egal, ich bin neugierig und gehe auf den Balkon.

»Hallo Hartmut.« Er grinst mit einem Ausdruck, als ob er mich schon erwartet hat. »Machst deinen Dienst?« »Müssen ja mal weg, die Blätter, nich? Die Mülltonnen sind gerade so schön leer.« »Bist der gute Geist des Hauses«, sage ich. »Wohne ja auch schon am längsten hier«, meint er.

Ich frage nach Nirwana. »Sag mal, was macht eigentlich dein Freund mit dem Elektroschrott?« »Och, der. Zieht bald weg. In so 'n Wohnprojekt nach Bayern. Überhaupt ziehen viele von meinen Kollegen weg. Er zieht weg, die Lausigs vom Ostufer ziehen weg. Und viele andere sind schon gestorben.« »Haben sich totgesoffen?« »Oh, ja. Waren alles schwere Trinker. Alkoholiker. Auch hier im Haus. Kennst du die noch die in deinem Milchladen gewohnt haben? Wie hießen die noch. Familie Otto Muhs. Die waren mit den Bünnings jeden Tag auf einer anderen Feier. Schnäpse getrunken und geraucht ham die. Oh. Jeden Tag. Viel Schnaps ham die getrunken.« »Die Walzac ist mit ihren Butterfahrten doch noch ganz gut dabei.« »Joah. Aber die Grabowski war 'ne alte Schreckschraube. Mensch, was die immer gemeckert hat, die alte Ziege. Und muulsch war die. Du, das war die Schreckschraube des Hauses. Haha. Mensch, was konnte die schimpfen.« Pause, Blätter fegen, auf Schaufel aufnehmen, Schaufel in den Mülleimer halten, Pause beendet. »Von den Alten ist bald keiner mehr hier. Nur noch Bünning und ich. Ich wohn nun auch schon zweiundvierzig Jahre hier. Mit dreiunddreißig Mark Miete sind wir damals angefangen. Auf dem Hof stand ein Schuppen und ein Hühnerstall. Im Sommer haben wir auf der Terrasse gesessen und gegrillt. Auch die Kinder von Grabowski. Die waren in meinem Alter. Mit denen hab ich auf dem Rasen Boccia gespielt. Und Siebzehnundvier. Das war immer schön. Nachher sind sie nur noch gekommen, um die Hand aufzuhalten. Keinen Handschlag haben sie für ihre alte Mutter getan. Nur immer schön die Hand aufgehalten.«

Als morgens die Zimmerdecke mit einem sandigen Brummton leicht zu vibrieren beginnt, weiß ich, wir bekommen neue Obermieter. Die Tatsache, daß der Boden geschliffen wird, schleift den Untermietern zwar gleich und zeitig die Nerven mit, zeugt aber von Geschmack. Heute ist ein milder Augusttag. Sina hat wenig Lust auf Bewegung, läßt sich Badewasser mit Zusatz ein. Melisse. Beruhigt und entspannt. Meine Psyche ist leicht aufgekratzt, und auch mein Körper möchte es noch ein bißchen bleiben und genießen. Ich beschließe die Wohnung so schnell wie möglich zu verlassen. Raus auf die Straßen, ins Leben, in die Massen, die sich durch die Einkaufszone wälzen und einfach treiben lassen.

Als ich aus dem Busfenster sehe, wundere ich mich über die voll bemenschte Straßeninsel im Herzen der Stadt, dort, wo die Hauptschlagader des Verkehrs die Fußgängerzone kreuzt. Wie sie alle dort stehen, zur Mitte gedreht mit gesenktem Kopf. Beim Vorbeifahren schweift mein Blick zwischen sie – weiß blitzt es zwischen ihren Hosenbeinen, etwas Totes, Federn, ein toter Schwan. Irgendwie muß der schöne, lange Schwanenhals zwischen die Räder geraten sein.

Dann treibe ich zwischen Mitmenschen. Als potentieller Käufer einer unter vielen sein. Kein unangenehmes Gefühl, doch ein Gefühl, das sich nach Besichtigung von Platten- und Buchgeschäften lauer Schalheit anheimgibt, ein Gefühl von immer länger werdenden Weilen, das sich einzustellen beginnt und das Futter fordert. Das Gehirn gibt mit Kehrtmarsch die neue Stoßrichtung und läßt meinen Körper Richtung Stadtbücherei laufen. Ich denke wieder an den Schwan. Ich denke daran, daß der tote Schwan vielleicht der war, der noch im letzten Sommer am Rand des Binnensees, kurz hinter der Straßenbrücke in einem riesigen Nest brütete. Die

Straße führt einen Berg hinauf, heißt deshalb Bergstraße und beheimatet das Diskothekenzentrum der Stadt. Immer wieder wird das Schwanennest mit Bierdosen und Flaschen beworfen. Suchen weggeschnippte Zigaretten ihren glühenden Weg ins Zundergefieder. Ich bewundere diesen Schwan, der mitten in der Nacht an der Brücke der verlorenen Nachtschwärmer in seinem Nest sitzt, weil er seine Art duplizieren will. Für mich ist er ein Missionar der Zuversicht. Und das in der Stadt, einer für ihn artfremden Welt. Davon kann sich jeder Zeuge Jehovas, der mit seinem wahnsinnigen Wachturm an der Straßenecke steht, eine Scheibe Schneid abschneiden. Ganze Geburtshäuser müßten nach Grönland verrückt werden, um die Größe dieses Schwanes zu verstehen.

Ich biege gerade um die Ecke, als ich angebettelt werde. Eine düstere Gestalt mit langen schwarzen Haaren stellt sich mir in den Weg und hält die Hand auf. Ebenso überrumpelt wie überfordert suche ich in meinen Hosentaschen nach Kleingeld. Während die Finger schließlich in der Geldtasche der Jeans bohren, blicke ich kurz auf, und jetzt erst wird Augen und Gehirn bewußt, daß Nirwana vor mir steht. Offensichtlich erkennt er mich nicht, funkelt mich böse an. Schließlich finden Zeige- und Mittelfinger ein Zweimarkstück. Ich beschließe, wenn es die Hände wechselt, ihm klar ins Gesicht zu sehen, um mir einen Eindruck zu brennen, der seine Zweimark wert ist. Die vielen dunklen Poren auf seiner Nase prägen sich mir sofort ein. Die Mimik spottet aus weiter Ferne. Seine Mundwinkel ziehen etwas nach unten, als sich sein Mund öffnet, doch es kommt kein Laut. Seine Haare sind fettig und verschuppt, sein Kinnbart verliert die Kontur in den umsprießenden dunklen Stoppeln. Ich finde dieses Gesicht nicht. Es ist zu diffus. Selbst ein Augenblick kommt nicht zustande, da ich überfordert bin, in seinen erloschenen Gesichtsmittelpunkt hineinzusehen. Wahrscheinlich traue ich mich nicht. Er ist mir überlegen. Hat etwas hinter sich, das ich noch vor mir habe. Ist in die Fußstapfen der Stoik getreten. Nutzt seine Situation. Schamlos. Die Schamlosigkeit ist ein Unglück. Ich mache, daß ich wegkomme.

Als meine Augen in der Bücherei über die Lettern gleiten, reiben sie sich nicht, bleiben nicht hängen, nehmen nichts mit. Ich denke an Nirwana. An seinen Umzug nach Bayern ins Wohnprojekt. Vielleicht ist er unter Druck, ist affig, ist Junkie.

»Ich überlege, ob ich zur Tür oder in die entgegengesetzte Richtung abbiegen soll. Ich entscheide mich für die entgegengesetzte Richtung, um ins Herz des Teppichgeschäfts zu stoßen. Mit jedem Schritt wird es heller. Ich gehe auf einen Schreibtisch am Ende des Ganges zu. Hinterm Schreibtisch sitzt jemand. Sehr hell, gleißend. Es braucht etwas Zeit, bis ich Konturen aus dem Licht schälen kann. Das Haar, das halblange, schüttere Haar. Ist es Hartmut? Ja, jetzt, wo ich an die Schreibtischkante stoße, erkenne ich ihn ganz deutlich, es ist Hartmut. Er erhebt sich, beugt sich vor, sein Gesicht ist ganz groß geworden, nimmt mein Blickfeld ein. Das Licht bündelt sich in ihm und brennt in den Augen, die jetzt außerstande sind, sich zu schließen. Hartmut öffnet seinen Mund weit, noch weiter, ein riesiger Schlund tut sich auf, saugt meinen Blick wie ein Achterbahntunnel in sich hinein, sein Gesicht entfernt sich, verschwindet, ich kann wieder den geöffneten Mund sehen, der zu vibrieren und erschüttern beginnt, dann rollt seine Zunge. Erst winzig dann immer größer werdend entrollt seine Zunge den goldenen Teppich. Dabei fallen ihm alle Zähne aus, es knistert und surrt. Als ich bemerke, daß ich längst auf dem ausgerollten goldenen Teppich stehe, löst sich der letzte Zahn und löscht alles Licht. Doch Hartmuts Gesicht erscheint mir noch eingebrannt auf der Netzhaut. Hier nun verglimmen seine starren Augen und lassen mich in Ruhe und Dunkelheit zurück. Im Nichts.

Ich kann nicht sagen, daß ich jetzt unglücklich bin. Ich fühle mich eben im Nichts aufgehen, als die Fernseher auf den Teppichen anspringen. Viele hundert Teppichbildschirme verströmen phosphoreszierendes Bildröhrenlicht, welches in einem sachten Wechsel erlischt und wieder aufflimmert. Ich gehe zu einem der Teppiche und sehe ins Bild eines Fernsehers. Er zeigt nur tagblaues Flirren. Nach einigen Sekunden erscheint in der Bildmitte ein Punkt, ein dunkler Fleck, der aus sich heraus größer wird und den ich, kurz bevor er das Bildfeld ganz und gar einnimmt, seinerseits als Fernseher erkenne, als Fernseher mit erloschener Bildröhre, der noch größer wird, bis der erloschene Bildschirm sich über den erstrahlenden Bildschirm legt und mich im schwarzen Laden auf schwarze Teppiche blicken läßt. Doch aus der allgemeinen Teppichschwärze leuchten bereits wieder kleine Punkte auf, helle Flecken, die aus sich heraus größer werden und tausendfach flimmerndes Licht in den Laden zurückbringen …

So stehe ich da und betrachte die in diesem Kreislauf innewohnende Kraft von Werden und Vergehen, von Sehen und Gesehenwerden. Ich stehe einfach da und sehe ins Nichts, aus dem heraus etwas nichts wird, aus dem heraus etwas nichts wird, aus dem heraus etwas nichts wird. Ich bin glücklich in diesem Moment. Warum mußte ausgerechnet dann der Wecker klingeln? Ein Jammer eigentlich. Sag mal, was gibt's denn zum Frühstück?«

Hartmut der Stillebenmacher. Das Treppenhausfenster zwischen zweitem und drittem Stock macht richtig was her. Unter der halbhohen Raffgardine mit Fransen steht ein nieblühender Gliederblattkaktus im schwarzen Plastiktopf, der zweifingerbreit aus einem polierten Fußballpokal herausguckt. Ich lese das kleine Täfelchen am Pokalsockel. A-Jugend/ Meisterpokal/ 1991.
Sieht richtig hübsch aus. Auf diese Kostbarkeit hat mich die neue Obermieterin merksam gemacht. Sie heißt Christine und ist die neue Hauswartin. Soso. Wunderbar, daß alle Christines, die ich kenne, lange blonde Haare und schöne Figuren haben. Auch diesmal zerstört keine Ausnahme die Regel. Und gute Manieren hat sie auch, stellt sich allen Mietparteien vor. Als sie abends vor meiner Tür steht, wechseln wir Reden über dies und das, ich Kunstgeschichte, sie Medizin, das Haus, den grauen Vermieter aus Bonn und Hartmut. »Ich schätze Hartmut als in Ordnung ein«, sage ich. »Laß dich von seinen Eigenartigkeiten nicht beeindrucken. Er paßt schon auf, daß ihm niemand zu nahe kommt.« »Komischer Knilch ist das. Hast du den Pokal mit dem Kaktus gesehen?« »Nee. Wo denn?« »Auf der Fensterbank im Treppenhaus.« »Ist ja geil, schau ich mir morgen mal an.« »Dann kannst du dir gleich noch was anschauen. Gestern, hab ich 'ne alte Stehlampe mit Lampenschirm in den Kellergang gestellt. Heute morgen verlasse ich das Haus, geh zur Kreuzung und, erst hab ich's gar nicht wahrgenommen, sehe plötzlich meine Lampe auf der Ampelinsel stehen. Macht nichts, dachte ich mir, wollt ich eh entsorgen, hatte nur den Schlüssel nicht für

den Keller. Mußt du dir also auch anschauen.« Schaue ich mir auch an, klar, denn ich will noch zum Blaulicht der Araltankstelle.

Schickschick, wie die Lampe im Nieselregen einsam auf der Ampelinsel steht, Autos mit hellem Frontlicht auf der einen, mit rotem Rücklicht auf der anderen Seite vorbeifahren. Der Nieselregen sammelt sich auf der Unterkante des Lampenschirms zu einzelnen Tropfen, die der Erdanziehungskraft trotzen, sich in Oberflächenspannung zurückhalten wollen, wie kurz vor dem Orgasmus. Und doch fallen sie. Man muß sehr genau hinschauen. Dann aber kann eine ganze Welt drinstecken. In so einem Tropfen.

Als ich anderntags zum Dachboden auftreppe, ist der Pokal verschwunden. Nun steht die Sukkulente wieder schlicht im schwarzen Plastik. Sicher die alte Bünning. Versteht aber auch keinen Spaß, wenn es um Topfpflanzen geht. Die ist auch nüchtern immer verkatert. Da ist mir Frau Walzac lieber. Wenn die verkatert festen Boden absteigt, dann nur um den schwankenden Butterdampfer zu betreten. Dann nur, um im Schwanken zu schwanken. Ein Gefühl dafür zu bekommen, die Welt und ihr Ich in Einklang zu bringen. Eine kluge Frau.

Während ich auf meine Reiseschreibmaschine einhacke, kommt Sina spärlich bekleidet die Treppe zu meinem Zimmer runter. Fastakt, die Treppe hinabsteigend. »Hab uns 'ne Pizza in den Ofen geschoben«, sagt sie. »Was denn für eine?« frage ich, um etwas Zeit zu gewinnen und sie länger zu betrachten.

Wie sie da steht, nur in weißem Seidenhöschen, das fein ein Geheimnis umschillert. Kleine Gummibandstrubbeln hängen aus den abgenähten Beinöffnungen ihres Slips. »Salami. Ist was?« »Aha. Salami«, sage ich. Ich muß es sehr ernsthaft, aufregend, neugierig oder wie auch immer gesagt haben, denn plötzlich kommt Sina näher, stellt sich mit ihrem warmen Körper an mich. Ich schnuppere ihren flachen Bauch und suche mit Nase und Oberlippenrinne ihre duftende Haut entlangzufahren, die sensitiven Reize befriedigen für einige Sekunden, doch als ich meine Hände auf ihren beseideten Hintern lege, rührt sich mein Körper mit einem ebenso bösen wie lustvollen Stich unterhalb der Gürtellinie. Wir wissen beide, daß jetzt etwas schnell gehen muß, ich erhebe mich vom Schreibtischstuhl, küsseundküsseundküsse, Sina zerrt und zurrt an mir, meine Kleidung, mein Schutz fällt und plötzlich bin ich nur noch Geilheit. Zweiundsiebzig Kilo Geilheitslebendgewicht wälzen sich auf dem Teppich mit zweiundsiebzig Kilo Lebensgeilheitsgewicht. Die Küsse werden leimartig, fast sämig, gleiten über den Körper, saugen sich, lösen sich, beißen sich fest, ich ziehe ihr den feuchtgeküßten Slip über die Beine, es kann jetzt gar nicht schnell genug gehen, das, was niemals aufhören könnte. Die Diskrepanz der Lust. Wir lieben uns auf dem Teppich, stöhnen unsere Körper der Länge nach rauf und runter, wir lieben und lecken uns rhythmisch und arhythmisch, bis der eine klitzekleine Lustimpuls zuviel einen feinen Haarriß in den Staudamm knistert, aus dem in einer Millisekunde ein sprunghafter Riß wird, der unter dem Druck der übervoll aufgestauten Wollust jäh wegbricht, bis ein zum Bersten gedunsenes Stück Leben sich drall aufwellt, ausläuft, wegschwemmt und ein Gefühl der Leere zurückläßt, das sich halbiert, weil es ebenso im Partner steckt. Die doppelte Leere gerät erst zur leichten Füllung, dann zu einem Gefühl der

Sattheit. Etwas Zärtlichkeit zum Nachtisch. »Mensch unsere Pizza!« Sina springt auf. »Scheiße.« Sie rennt nackt in die Küche, öffnet den Backofen, es qualmt, es stinkt, die Lust ist vorbei, die Pizza verbrannt.

Unter dem Schaufensterzimmer liegt unser Keller. In der östlichen Zimmerecke gibt es eine Holzluke, durch die man sich in den Keller ableitern kann. Auf der Holzluke liegen Teppich und zwanzig Kilo Bücher, stehen die rechten beiden Schreibtischbeine, die Luke ist dicht und sicher ist sicher. Im kalten Boden der Kellermitte liegen zwei Steinplatten, die, beiseite geschoben, den Eingang in die Gedärme der Stadt ermöglichen. Vom Liebeszimmer in die Unterwelt, ohne das Haus zu verlassen. Vom Liebeszimmer in die Vorhölle, den Keller. Er ist feucht, irgendwo leckt Wasser, mufft modrig und moost obendrein. Und er ist bis obenhin gefüllt mit allerlei Krims und Krams, mit den Dingen, die unsere trotzig zuwuchernden White-Cube-Wohnräume vermüllen würden. Bis unter die Decke. Das heißt Entschuldigungen murmeln bis zum Abwinken, wenn der Wassermann kommt und den Zähler in der hintersten Kellerecke ablesen will. Bis unter die Decke stapeln sich Koffer, Kisten, Blaumüllbeutel, Fahrräder etcetera. Alles, was einen Stecker hatte und bei drei nicht in den Kisten war, hat sich Hartmut gekrallt. Das Kellerschloß: ein Witz im wurmzerfressenen morschen Holz. Die ganze Schließbefestigung läßt sich mit dem kleinen Finger aus dem Rahmen ziehen. Schnell und praktisch. Auch für mich. Doch ich gehe selten in den Keller.

Seit Sina mir von den drei kapitalen Brummern erzählt, die bei Lichtzufuhr ad hoc wüst durch die Luft drehen, ist bei mir der Freudeofen aus in Sachen Abstieg. Ich habe Angst vor diesem Keller, vor meiner eigenen Vergangenheit, die dort ausharren muß, bis sich jemand an sie erinnert. Jemand ist gut. Besser ist allerdings, bis *ich* mich an sie erinnere. Denn kein anderer könnte. Beispielsweise einen der großen Kofferdeckel klappen und in zahllosen Zetteln, Konzertkarten, Zeitungsartikeln, Postkarten, Fotos wühlmausen mit einer Krokodilsträne im Knopfloch. Doch die Informationsmenge der Jugend ist weit und riesig, die Vergangenheit immer zu gierig, sodaß verschlossen bleibt, was verschlossen gehört. Vielleicht später, wenn man nur noch am Erinnerungstuch nagt.

Dann werde ich mich sicher auch daran erinnern, wie ich in den Keller gehe, die nackte Glühbirne aus der geöffneten Tür herausstrahlen sehe, Schrammereien höre und sehe, wie Nachtschlachter Fredi, mit frisch gefärbtem Rothaar und gequollenem Suffkopp, Hand an mein altes Rennrad legt, um vom Umrummüll das zu trennen und wegzuschleppen, mit dem sich noch die eine oder andere Mark zu Märkern machen läßt. Das Luder! »Was soll das werden?« frage ich. Er starrt mich, einzweidrei Sekunden, klickert, rattert, überlegt und eröffnet feig ein Rückzugsgefecht. Macht auf, was er ist: blau, und murmelt was von Hartmut hätte ihm gesagt ... Ich unterbreche: »Besser raus hier, und zwar schnell.« Und so trollt er sich.

Hartmut hätte ihm also gesagt. Daß in unserem Keller was zu holen ist? Na, dann probe ich flugs mal ein Exempel durch. Schnappe mir den nächsten Blausack, weich, recht leicht, mal schauen, was dort drin, aha, die Stofftiersammlung. Kinderlieben. Seid ihr alle da? Ich zerre den Plastiksack unter die hundert Watt. Und sie bewegen sich doch. Und das nicht zu knapp. Es wimmelt von Würmern und Maden in

Teddies, Häschen, Häkelkissen. Es ist widerlich. So widerlich. Nichts wie raus hier mit der Biomasse. Ab in die nächste Mülltonne. Klappe auf, Klappe zu und Klapperschellenaffe tot.

Zaghaft schellt die Haustür. Ich warte, Sina geht nicht, will nicht, keine Lust, also raffe ich mich zusammen und öffne. »Na Hartmut, was ist.« »Guten Tag, guten Tag, ja. Ich wollte mal fragen, hast du mal zehn Mark?« »Äh, wieso?« »Bin den Monat mit dem Geld recht knapp. Noch ein bißchen was einkaufen.« »Moment.« Ich laufe ins Zimmer und suche den Betrag in Silbermünzen zusammen. »Willst du das jetzt geschenkt haben, oder wie stellst du dir das vor?« »Neenee. Geb ich dir nächste Woche wieder. Da hab ich wieder mehr Geld da.«
Muß doch einen fetten Sparstrumpf unter der Matratze haben, denke ich. Gibt doch fast für nichts Geld aus. Oder genauer, letztlich wie wir alle: sein Geld fürs Nichts aus. Was macht er mit der ganzen Kohle. Welche Mission hat er bloß. »Hier«, setzt Hartmut wieder an, »hast gehört, der junge Mann vom Zeitschriftenladen? Der ist vorletzte Nacht gestorben.« »Aha. Jaja ich weiß, da hinten in der Parallelstraße der Zeitschriftenladen. Und der Typ ist gestorben?« »Raut … Rauteck … oder irgendwie so, der heißt jedenfalls ähnlich wie du. Hat gerade seinen Laden renoviert. Alles schön gestrichen und dann, bumm, tot.« »Na.« Bummtot, was soll man darauf schon sagen. Ereilt einen wohl früh genug.
Jetzt, eine halbe Minute zu spät, fällt mir doch noch was ein: Bummtot, ein komisches Wort. Bumm als Lautmalerei für das schlagende Herz, doch wenn es schon so laut schlägt, wieso dann tot hinterher, stimmt doch nicht und alles falsch

und Widerspruch, oder? Versinnbildlicht das Wort Bummtot den kürzesten chronologischen Zusammenhang der Menschen, bezieht sich das tot vielleicht nur auf die Pause zwischen den Herzschlägen? * Bummtot * Bummtot * Bummtot * könnte sein … Ist ja aber wohl nicht mehr. Der Herr Zeitschriftenhändler. Der Herr mit meinem Namen.

Es ist Herbst geworden. Die Eiche laubt zuerst, dann verliert der Walnußbaum seine Blätter. Ragga-rack! Ragackra-rach! Krach. Von den Raben, diesen intelligenten Krächzern. Fassen die Walnuß mit ihrem Schnabel, fliegen auf einen Ast und versuchen sie entzweizuhacken, um ans nahrhafte Baumhirn zu kommen. Doch es will nicht immer gelingen, daß sie aufs Dach des angrenzenden Hinterhofhauses fliegen und die Nuß von der Dachkante auf unsere Terrasse fallen lassen, einmal, mehrmals. Die Holzfrucht zerspringt zu einem Fressen, das jetzt nur noch gefunden werden will.

Nachdem Hartmut das erste Laub vom Rasen recht, schmeißt er ein letztes Mal den Rasenmäher an. Kurzhaarschnitt für den Winter. Das ist brutal. Wenn ich ihn so das Laub rechen sehe, auf einen Haufen, der Woche für Woche am Zaun immer größer wird, dann empfinde ich dieses Bild, als würde ein Bauer seine Ernte einfahren. Nur was ist das für eine Ernte, bei der die gehirnten Früchte zwischen den Gliedern des Rechen hindurchfallen und nur die Blätter vom Baum des Lebens, der Weisheit geerntet werden. Es ist eben eine bescheidene Ernte. Eine Ernte, die anderen, bedürftigeren Kreaturen die Früchte überläßt. Vielleicht aber ist die bescheidene Ernte dieses Walnußbaumes sehr weise. Möglicherweise ist nicht der Apfel, sondern die Walnuß die verbotene Frucht, die Sündenfall und Flüchtigkeit bedeutet.

Nimmt man die Walnuß als Fruchtbarkeitssymbol für die Vernunft, so wie man die getrocknete Feige Dionysos als phallisches Fruchtbarkeitssymbol zugesprochen hat, dann ist Hartmut ein weiser Mann, sie den Raben zu überlassen. Deswegen also sind Raben besonders kluge Vögel. Dem natürlichen Menschen ist der Rabe als Vogel der Schöpfergottheit heilig, als Galgenvogel ist er den Sündhaften unheimlich. Und Hartmut der Geist weiß sie zu füttern und fetten.

Jetzt, da die Bäume ihr Laub verlieren, sieht man verlassene Nester zwischen den Zweigen. Die Raben sind ausgeflogen. Die Raben sind hungrig. Sina und ich machen es uns im Bett gemütlich und ziehen die Decke über unsere Köpfe. Es wird nun früher dunkel. Es ist Herbst geworden.

Ich habe mich schnell in die drei verguckt, als ich mit Bauknecht in die Dunkelheit der Parkbankhöhle marschiere. Scheinen Freunde zu sein oder vielleicht eine Schicksalsgemeinschaft. Der Älteste von ihnen sieht am besten aus seinem gemergelten Gesicht heraus. Stechende Augen, Kinnbart, Baskenmütze. Er gibt die Respektsperson. Schaut aus wie ein Jazzer. Ich nenne ihn mir im Geiste Dizzy. Dann gibt's da noch einen blonden Mittdreißiger mit einer laut aufgekratzten HarHarHar-Lache. Weil er so aussieht, nenne ich ihn mir Richard Brautigan. Und der Dritte im Bunde wird uns als »Der Panzer« vorgestellt, weil er eine Ganzkörperverschuppung hat, die ihm die Haut krebsrot in Fetzen vom bewamsten Körper lappen läßt. Er hat sich das aufgerundete Gesicht so gut es geht mit Haaren zuwuchern lassen, dazu eine große Brille auf der breiten Nase. Sieht trotzdem schlimm aus. In seinem drall sitzenden Parker. Ich nenne ihn mir Superpanzer. »Hilft nichts, alles Scheiße«, sagt er, »Arzt hat gesagt kein Alkohol.« »HarHarHar.« »Und das juckt! Junge, wie das juckt. Aber ich kann nicht, es geht nicht. Ich brauch noch 'n Bier.« Und kratzt sich im Gesicht. »Hör zu, Panzer«, sagt Dizzy, »vielleicht sind die jungen Herren hier so nett und geben dir eins von ihren Bieren ab.« »Jahier. Das kannst du haben«, sage ich und reiche eine Dose Holsten. »HarHarHar.« Richard Brautigan ist aber auch ein Freak mit seiner dreckigen Lache. »Danke Jungs, wirklich nett, wirklich«, sagt Superpanzer. Wir stoßen mit allen an und eben, als alle allen dabei in die Augen sehen, fragt Bauknecht: »Und was macht ihr hier?« »Wir haben den Zug nach Preetz verpasst«, sagt Dizzy. »HarHarHar«, diesmal lachen alle. »Eigentlich verpassen wir jeden Abend den Zug nach Preetz.« »HarHarHar.« Dizzy packt ein paar Schoten aus der Vergangenheit aus. »Kennt ihr den Yachtclub unten an der Promenade? Da war ich bis vor ein paar Jahren noch Servierer. Walter Scheel hab ich dort bedient. Damals galt er noch was. Irgend so ein Präsi, Bundespräsident oder so was. Heut kennt man den ja kaum noch. Frag mal ein x-beliebiges Schulkind nach Walter Scheel. Die lachen dich doch aus.« »HarHarHar.« »Und 1974, Deutschland war gerade Fußballweltmeister geworden, servierte ich Helmut Schön eine Perlhuhnbrust.« »HarHarHar.« Zweifellos. Ich hab's schon immer gewußt, Richard Brautigan hat einen subtilen Humor.

»Ein anderes Mal hab ich in der Küche übernachtet. Morgens um halb sechs klingelt es am Lieferanteneingang. Da steht ein junger Bursche mit einer Kiste Bananen. Was willst du? frage ich. Bananen anliefern, sagt er. Geht nicht, sage ich, mein Dienst beginnt erst um halb sieben.« »HarHarHar.« »Erst um halb sieben«, sagt Dizzy. »HarHarHar.« »Um halb sieben«, sagt Bauknecht. »HarHarHar.« »Um halb sieben«, sagt Dizzy. Großes langes HarHarHar von allen. »Brauch noch 'n Bier«, sagt Superpanzer. »Schingschangschong, wer von uns eins holt«, schlage ich Bauknecht vor, weil ich mich hier gerade so wohl fühle. »Okay.« Ich mache, wie vorher angekündigt dreimal hintereinander Brunnen. Und verliere. Bauknecht kommt trotzdem mit mir auf einen Sixpackkauf zur Tankstelle. »Oh, Mann, um halb sieben.«

»HarHarHar«, kommt es aus der Ferne. »Wer sind hier eigentlich die Deppen, wir oder die?« fragt Bauknecht. Schwer zu sagen. »Keine Ahnung«, sage ich.

Nach diesem Abend sehe ich die drei nur noch separiert. Dizzy sitzt einmal mit Gitarre im Einkaufsstraßensonnenlicht, raucht Selbstgedrehte, macht gerade Pause. Wußte ich doch, daß er Musiker ist, denke ich und warte unauffällig an einem Drogeriemarkt, daß er zu spielen beginnt. Doch er dehnt die Pause ins Unerwartbare und ich gehe.

Superpanzer rollt bisweilen mit schwerem Gerät, das heißt Rucksack und Isomatte auf dem Rücken durch die Pflasterstraßen, um Bierquellen aufzutun.

Richard Brautigan hat seinen Bart abrasiert. Meist sitzt er nachts auf der Tankstellenmauer mit Walkman auf den Ohren und trinkt Wermut aus der Flasche. Als ich ihn das letzte Mal sehe, sitzt eine Frau in seinem Arm. Freue mich. Brautigan ohne Frauen, das ist nichts. Nur lachen höre ich ihn nicht mehr.

Diesmal ziehe ich die Stirn in Falten, als ich morgens die Haustür öffne. Kenn ich nicht, nie gesehen, diese zwei kleinen Frauen, die mich aus ihren Mittfünfzigergesichtern so süßlich anlächeln und abmustern. »Entschuldigen Sie die Störung«, sagt die Gräulichere von ihnen in einer Mildheit, die nur Gnade aufzubringen in der Lage ist. »Wohnt hier in diesem Haus der Herr Hellmann?« »Aber ja.« Warum fragen die so scheinheilig. Hartmuts Name steht doch auf dem Klingelschild, der Haustafel und bestimmt auch mit richtiger Adresse in deren Papieren.

Na denn. Wohl nur ein freundlicher Gesprächseinstieg, bei dem mir die Aufgabe zukommt, etwas Wissen zu vermitteln, etwas zu bestätigen, mich dadurch etwas erhöht zu fühlen und mit good vibes weiterzulabern. »Wir haben ganz oft bei ihm geklingelt. Und das ist nun schon unser zweiter Besuch hier. Das letzte Mal haben wir ihm einen Zettel eingeworfen, daß er sich melden soll, doch er meldet sich einfach nicht.« Aha, denke ich, die Heilsarmee Sozialamt. »Und Sie wünschen?« »Kennen Sie den Herrn Hellmann?« »Ja, ich kenne ihn. Allerdings nur flüchtig.« »Und welchen Eindruck vermittelt er Ihnen?« Lanzenbrechen-Lanzenbrechen. »Och, ich habe den Eindruck, er fühlt sich hier ganz wohl. Hat sich seine eigene kleine Welt geschaffen, hat über Hof ein paar Sozialkontakte und ist ein nachtaktiver, dennoch nicht unfleißiger Mensch.« Diesmal ist das Aha in ihrem Gesicht. Tauen richtig auf, die beiden. Wittern scheinbar sachdienliche Informationen für ihren Bericht. »Sozialkontakte sagen Sie.« Die weniger Gräuliche notiert in Steno. Macht mich wahnsinnig, jemanden etwas aufschreiben zu sehen, das ich nicht lesen kann. »Haben Sie das Gefühl, daß bei Herrn Hellmann akuter Handlungsbedarf für das Sozialamt besteht?« Dieses lammfromme Lächeln. »Nein, habe ich eigentlich nicht. Er lebt sein Leben, wir leben unser Leben, nicht wahr? Da möchte man niemand von außen dazwischenfunken sehen.« »Verstehe. Dann bedanke ich mich ganz herzlich für diese Information, Herr, äh …« »Rautenberg.« »Auf Wiedersehen. Sie haben uns sehr geholfen. Herr Rautenberg.« »Auf Wiedersehen.«

Nachmittags treppe ich auf zum Dachboden. Gibt's doch nicht, was da den Treppenvorplatz und die Stufen vor Hartmuts Haustür vollsteht. Kisten, Kartons, Gerümpel, Zeitschriftenstapel, Elektrogeräte, Klamottensäcke, speckige Kassettenhüllen. Und das stinkt, das Zeug. Muß richtig die Luft anhalten und mich schmal machen, um mit dem Wäschekorb am sperrigen Gerümpel vorbeizuschleichen. Dann stehe ich endlich oben an den Leinen und hänge, was gehängt werden muß.

Klar, daß der, der die Haustür öffnet, um mir unters Dach zu folgen, Hartmut sein muß. In der Tat, hier steht er, die Gratisregionalzeitung in der Rechten. »Vorhin waren zwei Frauen vom Sozialamt bei mir und haben nach dir gefragt«, sage ich. »Och die. Ich war unterwegs.« Das war's von seiner Seite, keine weiteren Fragen, stattdessen: »Kannst mir mal helfen.« »Worum geht's?« Er legt die Zeitung auf den Bodenboden, blättert eine Anzeigenseite auf, gibt einen Fingerzeig und sagt: »Ich kann das grad nicht lesen, was steht da?« »Da steht – nächster Flohmarkt auf dem Real-Parkplatz in Raisdorf am Sonntag, dem 15. 9. Eintritt frei.« »Danke.«

Kann das grad nicht lesen. Hartmut kann also nicht lesen. Konnte den Zettel nicht lesen, den das Sozialamt ihm in den Briefschlitz gesteckt hat. Kann nichts lesen, kann niemals etwas lesen. Wer hat sich diese Strafe ausgedacht?

Wieder ist der Sonnentag ein schöner Tag. Ich sitze auf dem Balkon und rauche. Ich mag unseren Balkon. Zwar ist er klein, vielleicht einszwanzig mal einszwanzig, doch immerhin paßt ein Klappstuhl darauf und ein Kaffeehaustisch mit runder Marmorplatte. Der Klappstuhl, auf dem ich sitze, der Kaffeehaustisch, auf dem mein Becher Pfefferminztee steht. Und die zwei Blumenkästen, aus denen sich ein Efeu rankt, dem die Triebe nur so geilen, liebe ich besonders, weil in ihm seit der Bepflanzung ein silberner Lamettafaden hängt, der nicht anders kann, als sich mit einigen selbstausgesäten Halmen Gras im Blumenkastenwind zu bewegen. An einem Nagel der rechten Balkonwand hängt ein Kleinod fürs Auge, die rote Kutscherlampe, der der Sommer die Kerze krummgeschmolzen hat.

Ich blase den Rauch vom Balkon in den Hinterhof, wo ein Windstoß ihn auseinanderstiebt. Diese Ruhe. Man hört fast nichts von den Straßen, die um die Ampeln des Blocks pulsieren. Als es einen nahen Knall gibt. Was? frage ich mich, war das, als es einen weiteren, gedämpfteren Knall gibt. Ich stehe vom Klappstuhl auf und beuge mich über die Efeukästen. Zwei zerschmetterte Pappkartons liegen auf dem Hof. Zeitschriften quellen, eine Plastikpuppe, der ein Bein fehlt, Kleidungsstücke. Dann fallen Bretter. Ich verstehe, das Fenster des Treppenhauses ist zwischen zweitem und drittem Stockwerk geöffnet. Hartmut entsorgt seinen Treppenhausmüll. Das ist lebensgefährlich, meine ich, und als ich dies denke, fällt ein weiterer Karton. Er schlägt mit einem lauten Scheppern auf. Einige Metallbeschläge rollen aus ihm. Gott, was für ein gefährliches Bild, von unten betrachtet. So geht es mehrere Zigarettenlängen. Der Hof wird zu einer wabernden Masse Sperrmüll. Zwei gelbe Öljacken werden geworfen. Tapetenrollen. Kleidungssäcke. Ein Radiorecorder. Ich setze mir noch einen Pfefferminztee auf. Dann endlich erscheint Hartmut, drückt die Hoftür auf und steht inmitten seines Sperrmüllmeeres. Kurz angebunden, schlecht gelaunt.

Der Vermieter hat ihm Beine gemacht. »Der tut doch sonst nichts. Nichts tut der. Meine Küchenwand ist feucht seit Jahren«, schimpft er. »Der läßt sich doch sonst auch nicht hier blicken, keinen Finger macht der krumm. Das Haus braucht einen neuen Anstrich, alles vermodert hier, verloddert. Nur wenn ich mal was auf die Treppe stelle, dann motzt er gleich rum, dann.«

Wer hat ihn verpetzt? Der Geist von Grabowski? Frau Walzac? Nee. Glaub ich nicht. War sicher die alte Bünning, die über den Gestank die Nase gerümpft und die Drähte entweder über Hauswartin Christine oder direkt zum grauen Vermieter aus Bonn hat glühen lassen. Wahrscheinlich zweiteres. Wahrscheinlich das letzte.

Als ich am Frühabend wieder auf den Hof blicke, ist der Sperrmüll sehr ordentlich unter meinen Balkon gestapelt. Also das kann Hartmut, Sperrmüll stapeln. Hat sogar alles mit einem grauen Stück Teppich abgedeckt, damit ja nichts naß wird.

Sinas Regel bleibt aus. Vielleicht ist sie schwanger. Und wenn schon, denke ich, war doch geiler Sex, als die Pizza verbrannt ist. Und nach dem geilen Sex hatten wir am selben Abend noch zweimal geilen Sex. Das Verrückte war, daß ich danach zu Tode befriedigt war, so ein laues Gefühl hatte, als ob einem einer den Lebenssaft abgräbt. Dieses Gefühl hat sich mir seit meiner Jugend nicht mehr eingestellt, und dann auf einmal war es wieder da. Der Abend riß den Himmel auf. Nichts wie an die gute Luft, dachten wir und spazierten an die Förde, die Flaniermeile am Hindenburgufer entlang. Sina in meinem Arm, schmieg, schmieg. Wir gerieten völlig unerwartet in ein großes Hafenfest mit allem Radau, dem Geruch von gebrannten Mandeln, Musikfetzen, die durch die Salzluft wehen, Backfischgebrülle, bunten blinkenden Lichtern und Menschenmassen, die einem entgegentreiben im guten alten Lebensstrom.

Ich war alle. Hoffnungslos erdrückten mich die Impressionen und trösteten zugleich, indem ich annahm, ich befände mich in einer irrealen Situation.

Nichts von dem ist wahr, dachte ich, und nun sitz ich auf meinem Fahrrad und radele zur Nachtapotheke, um einen B-Test zu kaufen. Nachts um halb drei. Die Apothekerin, die müde aus dem Raum hinter dem Tresen hervorkommt, öffnet die Sprechluke und sieht mich mit mitleidigen Augen an. Zu Unrecht, denn Sina ist, wie sich eine Stunde später herausstellt, tatsächlich schwanger. Wir fallen uns in die Arme, freuen uns. Aber nur ein wenig, denn viel Freude kann das Wenige, das ist, mit einem Schlag zunichte machen. Wir liegen in Löffelstellung aneinander, Sina atmet schwer und schwerer, schläft. Ich döse immer mal wieder leicht weg, überlege, wer von meinen Freunden bereits Vater ist, zähle Babys, lasse sie über eine Hürde springen wie Schäfchen und schließe für den Rest der Nacht die Augen.

Kathrin klingelt mich an die Tür. Ob ich wisse, wer hier gestern so gegen elf Uhr abends im Treppenhaus rumgegeistert ist. Sie hat Schritte auf dem Dachboden gehört, es waren nicht Hartmuts Schritte, die kennt sie inzwischen. Es waren fremde Schritte. Da es dunkel, spät und ihr Freund Knut nicht da war, hat sie sich nicht getraut hinaufzugehen. Sie hatte Angst. »Nein«, sage ich, »ist denn was passiert?« Ja. Die beiden Lieblingsjeans von Knut, echte Diesel, vor ein paar Tagen erst für teures Geld gekauft, sind weg. Geklaut.«

»Nichts gesehen, nichts gehört. Da kann ich leider auch nicht helfen.« »Schade. Na, ich wollt's nur sagen. Ist echt unheimlich, finde ich.«

Wie können neu gekaufte Jeans schon Lieblingsjeans sein? Müssen sie nicht erst durch die Zeit gewetzt und geweicht werden, die Gewebe durch Schleudergänge gebleicht werden? Na, komische Zeiten sind das. Und schnelle. Kathrin macht das ganze Haus verrückt mit dem Jeansdiebstahl. Sina kommt mit einem riesigen Bartschlüssel und erzählt, daß wir uns den nun nachmachen lassen müssen, wenn wir noch auf den Dachboden wollen. Hauswartin Christine bringt von innen an die Hoftür einen Zettel an. *Bitte stets die Tür abschließen!* Und ich gehe nun immer zweimal auf den Dachboden, wenn ich einmal auf den Dachboden gehen will. Schlüssel vergessen. Schon wieder.

Der Zettel hängt keine Woche unkommentiert an der Hoftür, da steht in Rotschrift *Votze* querrüber. Christine, erzählt Sina, ist völlig fertig. Böse Mächte bemächtigen sich nächtens unseres Hauses. Es ist dieselbe Kritzelschrift, in der unter Hartmuts Türschild im dritten Stock geschrieben steht: *Hartmut kriegtn Steiffen.*

Als ich an der Kasse meines Lieblingssupermarktes stehe, tippt mir jemand von hinten auf die Schulter. Als ich mich umdrehe, sehe ich ins bebrillte Gesicht eines älteren Herren, der mich unaufgefordert anspricht. »Ihr Kragen ist ganz verdreht. Bei der Bundeswehr hätte es dafür kräftig was an Strafe gesetzt.« Ich drehe mich wieder zurück. Was für ein Wahnsinn. In den folgenden Minuten vermeide ich auch nur eine Handbewegung in Richtung Kragen. Stattdessen glaube ich einen bohrenden Blick im Nacken, als ich Südfrüchte,

Schaumwein und einen Schokoladenriegel aufs Transportband lege. Ich gebe zu, es ist mir eine rechte Freude, den Herrn in Kragenstarre zu wissen, er soll verrückt werden an meinem verdrehten Kragen, so hoffe ich.

Plötzlich ist mir wieder klar, warum ich damals nicht zur Bundeswehr gehen konnte. Ich war gerade von zu Hause ausgezogen. Freiheit und Selbständigkeit hieß für mich damals, einen dauerleeren Kühlschrank zu haben, tagelang aufgrund von Kohleschleppfaulheit zu frieren und auf dem Holzfußboden zwischen Waschmaschine und Kühlschrank einem pinkfarbenen Schleimpilz beim Wachsen zuzusehen. Und wenn ich damals meinte, es sei eine gute Idee, eine Dose Gulaschsuppe im Kachelofen zu erhitzen, dann war das eine gute Idee, auch wenn es keine gute Idee war, verstehen Sie? Es gab eine gewaltige Explosion. Gestank. Nebel. Und aus dem Nebel drangen damals Geschichten von meinen Freunden, die »ihren Dienst ableisteten«. Klar war bei hundert Kameraden immer einer dabei, den man mochte. Klar auch, daß jeden Abend auf der Stube wie blöde gesoffen wurde. Und selbstverständlich schnitt man die zweihundert Resttage von einem Zentimetermaßband ab, so als lebe man nur, damit Zeit vergeht. Gruselig. Das denke ich, als ich am Transportband stehe und mir meinen verdrehten Kragen bestarren lasse. Völlig klar, denke ich, daß mich keine zehn goldzahnigen Gäule zur Bundeswehr ziehen konnten. Das denke ich. Und bezahle meine acht Mark dreiundvierzig. Und dann denke ich, daß ich verdammt gern so lebe, wie ich lebe. Und daß alles in Ordnung ist, obwohl nichts in Ordnung ist, doch das ist egal, weil ich einen Moment lang denke, daß alles in Ordnung ist. Und als ich durch die Geisterhandtür des Supermarktes in die gute Luft schreite, die mir bereitwillig entgegenweht und ich sie tief in meine Lungen einhole, wird mir klar, daß ich lebe. Ich muß an Hartmut denken. Und daß es sich gut mit einem verdrehten Kragen leben läßt.

Stehe ich also an der Luft und beiße dreimal in den Schokoladenriegel. Schon schweifen die Augen nach einem Mülleimer fürs Papier und finden ihn: neben der Geisterhandtür. Als ich herantrete, werde ich den alten, bärtigen Mann gewahr. Er hält mir die Klappe des Mülleimers auf. Für mein Papier. Und seine Hand. Ich lege die übriggebliebenen Münzen hinein. Einemarksiebenundfünfzig. Für diesen absonderlichen Service.

Inszeniert Murnau noch? Ich glaube schon. Ein Remake von Nosferatu. Als stummes Schattenspiel. Ich kann mich nicht sattsehen. Es ist tiefe Nacht, und ich bin auf dem Weg zur Toilette ins Stocken und Staunen geraten, sehe auf die runtergelassene Fließjalousie unseres Zimmers zum Hof. Famose Nacht- und Nebelaktion. Hartmut hat einen Scheinwerfer an den Hofzaun geklemmt, um seinen Sperrmüll zu beleuchten. Die diffuse Silhouette seiner um ein mehrfaches vergrößerten Physiognomie geistert als Schatten über die Projektionsfläche der Jalousie. Sieht richtig fies aus, wie er näher kommt und dabei wie ein perspektivisches Paradoxon kleiner wird, klar umrissene Konturen bekommt, seine Hände langgliedrig verzerrt und spitz in einem Unten verschwinden, etwas packen und verschleppen. Einmal mehr springt das Treppenhauslicht an. Wieder schlaftrunken, knie ich vor der Klobrille, pinkel mich leer und packe mich ins Bett. Leere Blase, leerer Kopf. Ich schlafe ein. Aus einem blechernen Krachen heraus, wälze ich mich erneut wach.

Es ist fast hell, melden die geöffneten Augen. Der Blick auf den Wecker. Sechs Uhr morgens. Sturm heult um den Häuserblock. Herbststurm. Kraftige Böen umspielen die Öffnung des Schornsteins und tragen einen heulenden Gesang in die Wohnungen. Die Speichen der Fahrräder, die an der Außenfassade lehnen, leisten dem Wind Widerstand und beginnen mehrtönig zu pfeifen. Alles, was verwurzelt ist und Spiel hat, pendelt aus, schlägt weg und trifft bisweilen gegen etwas Hartes. Im Takt des Luftdrucks. Aus dem Rauschen der Baumkronen reißt der Sturm die letzten Blätter. Die Außenwelt klappert mit den Zähnen. Ein tönerner Schlag vor dem Schlafzimmerfenster. Warum schlafe ich inmitten der Dynamik einfach wieder ein? Weil ich müde bin, vom Aufwachen, vom Zuhören und Grübeln. Ich schlafe ein, ich schlafe aus.

Neun Uhr. Kaffeeduft in meiner Nase. Sina ist schon aufgestanden. Habe ich die Nosferatu-Vorstellung an der Hofjalousie geträumt? War Herbststurm? Ich rolle die Jalousie im Schlafzimmerfenster hoch. Die Bäume im Park sind entlaubt. Ein Polizeiwagen steht in der Straße. Zwei Polizisten hantieren mit einer rotweißen Rolle Baustellenband. Ich rolle die Jalousie im Hofzimmerfenster hoch. Der Sperrmüll ist weg. Das, was Hartmut aufgelesen hat, ist verschwunden. Der gefundene Müll ist verloren. Das Nichts ist einmal mehr vernichtet. Wo ist es? Als ich aus der Haustür trete, ruft jemand »Achtung! Seien Sie vorsichtig«. Noch bevor ich den Polizisten erblicke, hängen meine Augen an Hartmut, der mit ausgestrecktem Finger nach oben, über mich weist. Ich trete aus dem Hauseingang hervor, sehe, daß ich auf einem von beiden Seiten abgesperrten Stück Bürgersteig stehe. Sehe neben mir einen tonrot zerschmetterten Hohlpfannenziegel. Sehe ein eingedelltes Autodach vor mir. Ich trete einen Schritt vor, drehe mich und blicke hoch. Über dem Eingang zu unserem Haus liegt auf der Kante der Dachrinne ein Ziegel. Er ragt so weit vor, daß man ihn schon fallen sieht. Ich schaudere. Jetzt hier, an diesem Ort, ist das Schaudern lebensgefährlich geworden. Mir fällt das Credo, die profane Summe der Erkenntnis von Sören Ulrik Thomsen ein. *Ich bin hier jetzt.* Doch unter diesen Umständen kann ich hier nicht bleiben. Ich gehe ein paar Schritte zur Seite.

Als ich mit dem Rücken die Haustür aufdrücke und mich mit meinem Aldi-Einkauf in den Hausflur drehe, sagt Hartmut: »Du, ich hab da ein Paket für dich.« Er fegt die Treppen. Als er mich sieht, stellt er sich gerade auf. »Ein Paket. Kannst dir bei mir abholen.« »Wenn's dir nichts ausmacht«, sage ich, »dann hol ich es mir doch jetzt gleich ab. Will nur schnell die Tüten in die Wohnung stellen.« Gesagt, getan. »Was ist denn eigentlich mit Maggi und Fred los?« hake ich beim gemeinsamen Auftreppen nach, denn die Öffnung zwischen den Hofzäunen scheint mir zu lange schon versperrt. »Ach die«, winkt Hartmut ab. »Die sind doch bescheuert. Kaufst auch immer bei Aldi? Komisch, aber da habe ich dich noch nie gesehen.« Geiles Wort eigentlich, *bescheuert*, überlege ich, lange nicht mehr benutzt. Muß ich mir unbedingt merken. »Ja«, sage ich. Dann sind wir vor seiner Wohnungstür. Hartmut schließt auf und ich betrete zum ersten Mal sein ungelüftetes Reich. Überall Information, die nicht schnell zu fassen ist.
Er führt mich in sein Wohnzimmer, das von verkommenem Gelsenkirchener Barock strotzt, und es verschlägt mir den Atem. Die rechte, lange Wohnzimmerwand ist vom Boden bis zur Decke voll von gestapeltem Elektroschrott. Das

meiste von Anlagen. Zwei kühlschrankgroße Boxen stehen vor diesem monumentalen Wandaltar. Reparieren und verschachern als Mission. Im Dienst der Akustik und der visuellen Reize. »Ganz schön groß«, sage ich und tippe auf die Boxen. »Willst mal hören?« kommt die Antwort und Hartmut, der Sperrmüllkönig, verschwindet in einem Gewirr von Kabeln auf den Fußboden. Ich sehe mich kurz um. Das Bildprogramm an den Wänden ist ein Absurditätenkabinett hinter Glas. Ein Bild von Steffi Graf. Eine Landschaft mit Mühle. Eine Autogrammkarte von der züchtig gekleideten Samantha Fox. Ein Poster von Susi & Strolch. Die Schrankwand quillt über vor Nippes und Kram. Steht dort nicht das Feuerwehrauto, das Hartmut einst Maggi geschenkt hat?

Ich habe das Gefühl, inmitten eines dreidimensionalen Stilllebens zu stehen. Es gibt die Sucher und die Gefundenhaber. Die vermeintlichen Gefundenhaber. Mir sind die Sucher immer schon lieber, bin selbst einer. Doch Hartmut ist der König der Sucher. Jede Nacht ausstreunen, um sich einen Materialvorrat anzulegen, da kann selbst mein Grips nicht mit.

Hartmuts Materialfundus nährt sich von den Exkrementen unserer Zivilisation. Diese Exkremente tragen als Geschichtsablagerung die Information verschiedener Stationen mit sich: Natur – Herstellung/verwertbar – Konsumption/wertvoll – Müll/wertlos. Hartmut negiert diese Verbraucherkette, indem er sie um einen entscheidenden Faktor erweitert: Erneute Konsumption/wertvoll, ich würde sogar so weit gehen und Kunst/wertvoll mit einbeziehen. Hartmut »entmaterialisiert« den Müll, begreift ihn als neutrales Gestaltungs- bzw. Gebrauchselement. Darin liegt das innovative Moment in Hartmuts Materialverständnis. Wenn man die Elemente in seinem Wohnzimmer liest, imaginiert man Müll und Trödel, doch wenn man sich seine Wohn-Assemblage anschaut, sieht man das Gegenteil: Schönheit, seltsame Ordnung, Phantasie und Struktur. Hartmut ist Künstler, ohne es zu wissen. Er schafft Environments. Er holt mit dem geschichtsaufgeladenen Material unmittelbare Lebensaspekte in die Kunst. Und die Materialien lassen sich lesen: Sie dokumentieren fragmentarisch sowohl Aspekte aus Hartmuts Biographie als auch des sozialen und politischen Umfelds, in dem Hartmut sich bewegt. Hartmuts »Entmaterialisierung« ermöglicht die Rückführung der Gegenstände in die Kategorie des Dauerhaften, da er die zum Sterben verdammte Aura der Abfallgegenstände konserviert. Der Gedanke der Vergänglichkeit wird durch die Fixierung der Abfallgegenstände in einem Wohn-Environment in den einer fiktiven Ewigkeit umgewandelt. Das ist großartig.

Nun ist es so weit. Soundcheck. Es findet sich ein rauschender Radiosender. Peter Rubins Stimme tönt schnarrend aus den Monsterboxen. *Wir zwei fahren irgendwo hin.* Hartmut dreht am Lautstärke-Regler, bis es das Trommelfell zerreißen will und schreit: »Geil, ne!?« Ich nicke schnell und winde mich ungehalten, damit die Qual ans Ende schnellt. Hartmut dreht den Regler runter und Peter Rubin die Stimmbänder ab. »Das Paket«, sage ich. »Ja, das Paket.« Er holt es aus einer Schublade und reicht es mir. Es ist ein Werbepaket der Firma Camel.

Unten in der Wohnung reiße ich es enttäuscht auf. Es ist ein Feuerzeug drin und zwei Schachteln Zigaretten. Eigentlich doch nicht so schlecht. Ich beschließe, auf den Balkon zu gehen und eine Camel zu rauchen. Woher haben die meine Adresse? frage ich mich, als ich den Rauch ausblase. Sie haben meine Adresse von einem dieser Gewinnspiele, wo man Namen und Adresse eintragen muß. Wenn wieder eine Zigaretten-Werbekampagne durchs Taktlos geschickt wird, fülle ich diese Kärtchen aus. Ich fülle diese Kärtchen aus, damit ich noch in der Kneipe eine volle Belohnungsschachtel ergattere. Dadurch spare ich fünf Mark. So kann ich ein Bier umsonst trinken. So kann ich länger bleiben.

Rauchen auf dem Balkon. Zeit. Rotzen. Rotzgeschichte. Die Zeit beim Rauchen. Ich rauche etwa vier Zigaretten à jour auf dem Balkon. Wenn das Rauchen einer Zigarette sieben Minuten dauert, verbringe ich achtundzwanzig Minuten täglich auf dem Balkon. Das sind drei Stunden und zweiundzwanzigeinhalb Minuten in der Woche. Das sind vierzehn Stunden im Monat. Das sind hundertachtundsechzig Stunden im Jahr, sieben Tage. Sieben Tage im Jahr verrauche ich auf dem Balkon. Unglaublich. Dabei rotze ich neuntausendneunhundertachtundsechzigmal auf den Hof, einmal pro Minute, siebenmal pro Zigarette. Mit dem Rotzen habe ich angefangen, als ich begann zu angeln, ich war vielleicht dreizehn oder vierzehn. Ich hatte die Angel mit dem Köder ausgeworfen, eine Glocke an der Rutenspitze befestigt und lehnte mich über die Brüstung der Rosenseebrücke. Neben mir lehnte sich einer meiner Angelfreunde über die Brüstung. Er sah sich im Wasser, wie er sich sah. Ich sah mich im Wasser, wie ich mich sah. Er spuckte sich ins Gesicht. Ich spuckte mir ins Gesicht. Wir fingen nicht viele Fische, aber ich lernte zu spucken. Technik machte aus dem Spucken ein Rotzen. Aus dem Rotzen wurde eine häßliche Angelegenheit. Bis heute. Ich verlasse den Hauseingang und rotze. Meine erste Amtshandlung im Draußen, ein feuchtes Inneres hervorzukehren und auszuwerfen. Ich bin hier jetzt. Sina haßt das, wenn wir zusammen unterwegs sind.

Wir sind zusammen unterwegs. Ich sitze im Wartezimmer ihres Frauenarztes. Ich mag Sina, wie sie mit dem hellblauen Mutterpaß zurück ins Wartezimmer kommt und mir ein Ultraschallbild unseres Kindes zeigt. Die Schallwellen haben die Materie ihres Körpers, ihres Bauches durchstrahlt und ein grisseliges Schwarzweißbild ausgeworfen.

»Hier in der Mitte«, erklärt Sina, »das zerfranste dunkle Oval, das ist die Fruchtblase.« Ich sehe sie an. Jagen wir schon wieder einen Geist? »Und dieser helle stecknadelkopfgroße Fleck, das ist unser Kind.« Die Sucht des suchenden Blicks. Und schon gerät alles Sehen zum Geisterjagen. Den Geist des eigenen Kindes jagen. Die Fleischwerdung ist eine ebenso abstrakte Sache wie der Verlust von Materie. Das Werden-und-Vergehen-Zünglein an der Waage schlägt zu Lasten des Werdens aus. Glück: Etwas ist. Und etwas wird. Pech: Wenn ich heute sterbe, fahren morgn die Busse, als ob nichts geschehen wäre. Doch etwas geschieht. Und etwas wird. Nur was?

Neue Geräusche im Haus. Hartmut beginnt nachts mit den Türen zu knallen. Die schwere Haustür läßt er einfach zufallen, die leichtere Hoftür schlägt er ohne den Türgriff zu drücken so lange in den Türrahmen, bis der Fallriegel in die Verschlußanlage schlägt. Überhaupt wird Hartmut, was die nächtliche Geräuschvermeidung angeht, fahrlässig. Vermutlich verliert er das Bewußtsein dafür, daß andere schlafen müssen, während er durch die Stadt wacht. Dieser Geist schläft eben in keiner Fruchtblase, denke ich. Dieser Geist schläft überhaupt nie. Aber nervig ist es schon, somit mehrmals in der Nacht aufwachen zu müssen.

Zwischen drei und fünf kommt Hartmut von seiner Sperrmüllrunde. Gegen fünf kommt der Zeitungsjunge ins Haus. Hartmut und der Zeitungsjunge geben sich auch schon mal die Klinke in die Hand. »Na, wieder Zeitung austragen?« sagt Hartmut. »Mmh.« »Du, weißt du, du müßtest die Zeitung in Amerika austragen. Da wo die ganzen Hochhäuser stehen. Dann bräuchtest du nicht mehr so viele Treppen hochzulaufen. Hahaha.« Darüber muß ich sogar im Bett lachen. Ob es Hochhäuser in Amerika gibt, die ihre Postkästen an den Wohnungstüren haben? Wehe dem, der dort Postbote ist.

Und wehe dem, der morgens um halb sieben im Bett liegt und die Decke belauscht, weil etwas rhythmisiert zu knarren beginnt, weil ein Bett bevögelt zu quietschen beginnt, weil man sich dann vorstellt, was dort oben, wer und wie seinen Spaß hat. Das Quietschen wird lauter, heftiger, schneller, ganz schnell. »Hackt wie 'ne Nähmaschine«, sagt Bauknecht immer, wenn er auf seinen Schwanz zu sprechen kommt. Ein glöckchenhaftes Aufstöhnen beendet den Spaß im Bett über mir. Ist schon aufregend. Erstaunlich, wie schnell der erste Fuß aus dem Bett gesetzt, der Wasserhahn betätigt und sich wieder unterhalten wird. Als ob nichts passiert ist. Nach dem Funkenschlag ist vor dem Funkenschlag. No Nachspiel. Da wird sich der Mann aber freuen. Aber was muß das für ein Vorspiel gewesen sein, bis um halb sieben? Lachen sie nicht gerade über der unter der Decke miteinander? Ja, ich glaube sie lachen. Es ist fast sieben Uhr. Nun wache ich schon drei Stunden über den Geräuschmüll, der nicht in meinen Ohren verhallen will. Am Morgen beginnt die Wahrnehmung, wie sie am Zipfel der Nacht endete. Akustisch. Als ich mir um zehn über die Sitzbadewanne gebeugt die Zähne putze, dringt *Weil ich dich liebe* von Marius Müller-Westernhagen aus dem Belüftungsschacht der Toilette.

Park die letzte. Ende Oktober. Es ist kalt geworden. Bauknecht, Exen und ich wärmen uns die Hände über den lodernden Flammen der Mülltonne.
Wir sind alle sehr betrunken, es muß schon nach zwei sein. Wir haben bereits einmal geschingschangschongt, wer das nächste Bier von der Tankstelle holen geht. Immer Best of Five, immer bin ich der Loser. Irgendwie, glaube ich in meinem Suffkopf, haben die anderen mich durchschaut. Nur wie? Wir spielen allein mit den Handzeichen Brunnen, Schere und Papier. Jedes Handzeichen kann einmal schlagen, einmal geschlagen werden. Ich sage immer vor meinem ersten Handzug: »Ich mach Brunnen.« Stufe eins: Dann mach ich Schere, weil der Gegner Papier macht, um zu sehen, ob ich tatsächlich Brunnen mache. Schneidet durch. Stufe zwei: Ich mache tatsächlich Brunnen, da der Gegner glaubt, ich mache diesmal Papier, um zu sehen, ob er tatsächlich Brunnen macht, also nimmt er Schere. Fällt rein. Stufe drei: Ich nehme Papier, weil der Gegner glaubt, daß ich nicht noch einmal Brunnen mache, dafür abermals Schere, um ihn reinzulegen wie in Stufe eins, deswegen nimmt er Brunnen. Deckt zu. Drei zu null für mich, denke ich, ins Feuer sehend. Ich, der null zu drei und eins zu drei verloren hat und zur Tankstelle gehen mußte.
Wir setzen uns ein letztes Mal auf die Bank. Drei Halbe im Taktlos. Zwei Halbe hier im Park. Gespräche von Betrunkenen. Genug Zeit, sich Exens Steißbeinfistel zu widmen. »Das

ist eine Entzündung nach innen, ein genetisch falsch programmiertes Haar oder so«, weiß er. »Die Woche im Krankenhaus war schrecklich. Es fing schon so beschissen an, als mein Urologe mit seinen Händen eine melonengroße Fläche in der Luft umschrieb, während er einen nicht rekonstruierbaren Fachterminus benutzte, der soviel wie weiträumig wegschneiden bedeutet.« Dreckige Lache Bauknecht, dreckige Lache ich. »Das Problem bei der OP war bloß, daß ich keine Steißbeinfistel hatte, sondern 'ne Analfistel. Das heißt nicht nur scheiße sitzen, sondern auch scheiße scheißen. Hab im Krankenhaus fast komplett die Nahrung verweigert und wenn ich mal mußte, dann ist mir schwarz vor Au- ...« »Braun vor Augen geworden«, werfe ich ein. »Na ja, langer Rede kurzer Sinn, alles scheiße jedenfalls. Als ich dann meinen Arzt fragte, wie lange ich noch zu seinen wöchentlichen Darmspülungen und Untersuchungen kommen muß, hat er seine flachen Handflächen am Daumenballen zu einem V zusammengelegt, dieses von der Handfläche bis in die Finger sanft geschlossen, woraufhin er meinte: muß von innen ausheilen. Und: Ich würde sagen, so lange, bis meine Tochter studiert. Und die ist jetzt drei.« Ende der Analfisteldurchsage. Bauknecht und ich klopfen dreimal aufs Holz der Parkbank. Dann erzählt Bauknecht von seiner neuen Flamme. »Sie hat so ein schön geschnittenes Gesicht. Und ihre Haut ist ganz bleich, fast wie Pergament.« »Sie ist wirklich sehr schön«, sagt Exen. »Und sie hat einen tollen Körper. Alles an der richtigen Stelle, alles fest, sportlich, schlank, durchtrainiert«, sagt Bauknecht. »Im Gegensatz zu deinem Körper«, sagt Exen. »Ich mag Körper, wo alles an der richtigen Stelle ist. Bloß keine Ringe um die Augen, keine Ringe um den Bauch«, sage ich. »Und wenn sie den Mund aufmacht, ist alles voller Gold«, sagt Bauknecht. »Gold – Gold – Gold«, rufen wir in und aus dem entlaubten Park. »Wenn sie ihren Mund aufmacht, kann ich nicht verstehen, was sie mir sagen will, ich sehe immer nur das Gold, das viele schöne Gold und es blitzt und funkelt und glitzert aus ihr heraus, wenn sie mir etwas sagen will.«

Ich nehme den letzten Schluck Bier aus der Dose, bitter und schal. Zum Schütteln.

Sehr imposant ziehen weiße Rauschschwaden aus dem Mülleimer. Gerade als ich sagen will, daß ich nach Hause gehe, sehe ich zwei Männer mit einer Zweiercouch in die Straße biegen. Sie tragen die Couch hinter der parkenden Autoriege den Bürgersteig entlang. Dann setzen sie das Möbel ab. Genau unter unserem Schlafzimmerfenster. Und gehen einfach fort. Da kann ich mir keinen Reim drauf machen. »Ich geh jetzt nach Hause«, sage ich, und ohne zu wissen wie, liege ich im Bett. Alles dreht sich. Auch die Wahrnehmung. Nämlich um sich selbst. Strudelt davon und ich mit ihr.

Das ist die eine Seite. Von viel Kaffee auf entkoffeinierten Kaffee, auf Karo-Kaffee, auf keinen Kaffee. Von Bier auf alkoholfreies Bier, auf Malzbier, auf kein Bier. Von unbewußtem Körpergefühl auf Busenweh, auf Innendruck. Da will etwas und kann noch nicht. Dafür hat es die andere Seite in sich. Die Antriebslosigkeit paart sich mit der Freßsucht.

Sina liegt nun schon nachmittags im Bett und mampft gedankenverloren Schleckramsch. Sie sieht in die Ferne und ich glotze mit. Schwangerschaft ist keine Krankheit, hat der Frauenarzt gesagt. Ansteckend ist sie trotzdem. Die Links-rechts-Kombination. Eine Chipstüte, die zwischen uns liegt. Abwechselnd greifen unsere Hände hinein, aufs Knistern folgt ein Maulstopfen, ein knackend-knuspriges Kauen. Der Blick bleibt auf den Flimmernden gebannt. Niemand könnte sagen, ob er jetzt gleichgültig oder interessiert verfolgt. Wir sehen uns Nachmittags-Talkshows an. Vier Stunden hintereinander weg. *Bärbel, bei dir laß ich die Bombe platzen* oder *Hans, ich bin das allerletzte Mauerblümchen* oder *Ilona, ich bin zu fett, um ein Baby zu bekommen* oder *Sonja, wenn ich geilen Sex will, geh ich lieber gleich in den Puff* oderoderoder. Das Publikum johlt, trampelt, applaudiert. Und wir?

Wir sehen zu. Können nicht umschalten, nicht ausschalten. Denn plötzlich steckt auch in der Niveaulosigkeit Niveau. Und was für eine abstruse Erhebungsdynamik in dieser Luftblase greift. Alle Beteiligten dürfen sich gut fühlen. Die Talkgäste befreien sich von ihren Traumata, erleben die öffentliche Buße als Reinigungsritual, die Fernsehanstalt arrangiert die Bedingungen für Reinigung, Reibach und reibt sich die Hände. Zwischendrin predigt die Werbung. Und die Zuschauer, sie nehmen die Beichte ab. Auch das eine Botschaft: Wir nehmen uns nun die Beichte selbst ab, wir wollen und nehmen uns diese moderne Andacht. Sollen die Büßerbänke in den Kirchen verstauben. Ist uns doch egal. Luther? Nie gehört. Der Papst? Ein Tattergreis. Kirche go home. Die Predigt der Werbung ist da um einiges interessanter, meint gerissener. »Schatz, holst du mir noch einen Müller-Milchreis mit Zimt? Oder, nee, besser gleich den Grießpudding von Landliebe.« »Mach ich«, sage ich und rappel mich. Der Kühlschrank ist voll. Rein theoretisch bräuchten wir in den nächsten Tagen das Haus nicht zu verlassen. Könnten uns einbunkern, fressen und Talkshows gucken. Alles für das Kind. Alles für unser Kind.

Obwohl es nun schon richtig kalt geworden ist, macht Hartmut es sich auf dem Hof gemütlich. Er legt eine Kabeltrommel vom Heizungskeller zu den Mülltonnen, stellt einen wuchtigen Ghettoblaster auf die mittlere der drei Grauen und läßt kräftig Musik erschallen. Hartmut und die Musik. Als mir mal Drum 'n' Bass-Sounds aus Küche und Balkon drangen und ihm ins Ohr schwangen, da wunk er mich hervor und frug »Was ist das? Sag mal, ist das Dönermusik, die du da hörst?« Worauf ich nur mit einem trocknen Lachen antworten konnte. Dönermusik.

Ein andres Mal ging ich an Hartmuts Wohnungstür vorbei zum Dachboden. Da schallte Baccara schön laut ins Treppenhaus, und als ich auf dem Rückweg wieder durch die Schallwellen stapfte, hieß es *Born to Be Alive*. Patri Hernandez. Nicht totzukriegen diese Disco-Fetzer.

Was jetzt aus seinen Boxen dringt, ist schlimmer noch, ist Mainstream. Das was man so gerne hört, wenn man sich nicht belästigt fühlen will von dem, was man begehrt. NDR 2, Genesis, Tina Turner und so. Ohne Reibungsfläche, ohne Widerstand.

Auf dem Hof tut sich was. Mit einem Häkelkissen wird ein Stapelstuhl gepolstert. Dann trägt Hartmut einen weißen Daddelautomaten, wie man ihn aus Billigkneipen kennt, durch die von ihm verursachte Musikwolke und stellt ihn aufrecht auf den Marmortisch. Er legt eine weitere Verlängerung von der Kabeltrommel an den Spielautomaten, stöpselt ein, worauf in bunten Farben aufblinkt, was aufblinken muß. Der Strom, das Geld, die Verlockung, das Spiel. Hartmut schraubt den Daddelautomaten, klappt ihn auf, fummelt hier, fummelt dort.

Ich gehe auf den Balkon. Meine Kontaktschleuse. »Wo hast

du das Teil denn aufgegabelt?« frage ich. »Das ist hübsch, nicht? Hab ich vom Kollegen aus der Kneipe. Du, der hat zwei neue. Da konnte ich den alten haben. Und das hab ich dann auch gewollt. Den wollt ich haben. Ja.« »Und was machst du jetzt damit?« »Verkaufen. Willst du den nicht kaufen. Hab ich repariert. Ist alles heil. Du, für hundert Mark kannst du den kaufen. Und das ist doch schön so in der Wohnung und so. Wie das leuchten tut. Das sieht doch schön aus.« »Jaja, stimmt schon. Aber Platz hab ich für so was nicht. Und nachher steht man dann davor und verdaddelt seine Zeit.« »Den Schlüssel für das Geldfach geb ich dir auch. Dann kannst du wenigstens kein Geld verlieren.« »Haha. Aber Zeit.«

Nächsten Tag sehe ich Hartmut den Spielautomaten auf eine Handkarre geschnallt durch die Straße schieben. Ich grüße radelnd von der anderen Straßenseite, doch er will mich nicht sehen. Zieht von dannen.

Christine erzählt, ihr habe Hartmut den Automaten auch angeboten. Sie habe überlegt, hundert Mark sei wohl in Ordnung. Aber will man wirklich so ein Ding im Wohnraum? Ja, das Leuchten und Blinken sei schön, wenn er bestromt, doch gebe derlei Automat auch ohne Spielauftrag in kurzen Abständen ein aufforderndes Klangsignal. Und das wäre dann wohl weniger sanfte Weisung denn penetranter Befehl. Das ist nichts für den Wohnraum, befindet Christine.

Illegaler Sperrmüll. Die Couch steht nun schon knapp zwei Wochen vor unserem Schlafzimmerfenster. Und sie steht nicht mehr allein. Aus der Couch ist ein riesiger Haufen Sperrmüll geworden. Bretter, Platten, Schrankteile, Kisten, Koffer, Beutel, Wäschespinnen, ein Rasenmäher, tote Elektronik. Niemand kümmert sich um die Entsorgung. Wenn niemand verantwortlich ist, wer ist dann dieser Niemand? Niemand trifft sich mit Keiner und Keiner ist kein Mensch. Nur der Sperrmüll schwillt weiter. Jede Nacht wird etwas dazugestellt und solange gewühlt, bis das Müllgut den ganzen Bürgersteig blockiert. Steig, Bürger, steig. Das wäre nicht weiter schlimm, wenn nur nicht unser Schlafzimmer im Epizentrum der Sperrmüllerschütterung läge. Dieses Scharren und Schaben, das Zerren und Poltern, das Klappern, das Schnattern und Grölen verleidet einem jede Nachtruhe. Sina ist mit durchgehender Tiefschlafphase gesegnet, aber ich, der Nachtgrübler, ich wache als Eule im Zimmer, spitze die Ohren, lasse das warme Blut im Gehirn zirkulieren und ziehe es aus den Füßen, die auskühlen. Das Leben ist eine Decke, unter dem man seine eigene Wärme spürt. Und wenn das Herz wärmt, kühlt der Verstand. Kaltkalt meldet der Körper und bei kalt kann ich nicht wieder einschlafen. Es muß etwas passieren.

Am nächsten Tag rufe ich die Polizei. Eine gemischte Beamtenstreife fährt vor, besieht sich die Bürgerbarrikade und notiert sich meine Personalien. »Na, dann wollen wir mal hoffen, daß sich niemand in Ihrem Haus einen schlechten Scherz gemacht hat«, sagt die Polizistenfrau beim Abschied. »Bestimmt nicht«, sage ich. Mehrere Wochen kann niemand über einen Scherz lachen. Und erst recht keiner über einen schlechten.

Nichts passiert. Seit dem Polizistenauftritt sind einige Tage vergangen. Nichts. Sina ruft noch einmal bei der Dienststelle an und macht Dampf. »Schlafen Sie mal Nacht für Nacht bei diesem andauernden Gepolter. Schlafentzug ist Folter …«

Ich biege eines Abends in unsere Straße, als ich Hartmut mit einem älteren Ehepaar über den Sperrmüll reden höre. »Nee-nee«, sagt er, »ich war es wirklich nicht. Das hab ich da nicht hingestellt«, beteuert er. Ich polter ungefragt dazwischen: »Als ich eines Nachts besoffen auf der Parkbank da vorn saß, habe ich gesehen, wie zwei Männer die Couch vor unser Schlafzimmerfenster geschleppt haben. Und von dem Tag an haben alle möglichen Leute was dazugestellt und wegge-nommen.« »Ist mir egal«, sagt der ältere Mann, »ich will, daß der Kram da wegkommt. Und du« – er tippt Hartmut an die Brust – »wirst dafür sorgen.« Schnaubend zieht Hartmut ab. Ich ziehe hinterher, ohne mich von den Gegenüberstehenden zu verabschieden. Diesmal hat Hartmut mal ein Sperrmüll-kuckucksei ins Nest gelegt bekommen. So wütend habe ich ihn noch nie gesehen. »Wer war denn das?« frage ich im Trep-penhaus. »Vermieter«, preßt er hervor. Dann verschwindet er in rascher Folge treppauf, treppab, auf den Hof und wieder zurück. Hartmut denkt unter Druck, gleich wird er explodie-ren, denke ich. Und in der Tat, mit einem Mal reißt er die Haustür auf und schmeißt sich an den Sperrmüll. Er nimmt ein großes Schrankteil und trägt es an die Wand des linken Nachbarhauses. Dort stellt er es ab. Dann holt er zwei Säcke vom Sperrmüll und stellt sie dazu. Die Haustür des Nachbar-hauses geht auf, die Hauswartin, Kittelmatrone in den Mitt-fünfzigern stemmt die Hände in die Hüfte und schreit los: »Nimm den Mist hier weg. Sofort. Wenn nicht sofort der ganze Scheiß hier von meiner Hautür weg ist, rufe ich die Po-lizei – nein! – ich rufe jetzt sofort die Polizei.« Spricht sie und verschwindet grimmend. Ich rede auf Hartmut ein. »Hart-mut, das hat doch keinen Sinn. Mensch, du kriegst Ärger mit der Polizei. Willst du das. Hart-mut. Hallo. Ich rede mit dir. Laß doch den ganzen Scheiß hier stehn, ich hab schon längst die Polizei angerufen. Das wird demnächst alles hier abgeholt.« Doch Hartmut ist nicht mehr auf Empfang. Er ist nur noch auf Ärger und ärgerem Ärger. Vielleicht tut er das einzig Richtige. Er nimmt das Schrankteil und die zwei Säcke von dem linken Nachbarhaus und stellt die ans rechte Nachbarhaus. Keine halbe Stunde später ist der Sperrmüll unter unserem Schlafzimmer fort. Fein säuberlich aufgestapelt am rechten Nachbarhaus. Auch gut. Die Polizei kommt diesmal nicht. Dafür klingelt der wutentbrannte Hausmeister von nebenan bei mir. »Wer war das? Wissen Sie, wer das war? So eine Schweinerei«, schnauzt er. »Nein«, sage ich. »Ich weiß nicht, wer das war. Die Polizei ist schon zweimal verständigt. Sie kümmert sich um den Fall und schickt morgen ein Sperrmüllfahrzeug.« »Und das mit den Kaffeefiltern in der Hecke auf der Hofseite. Damit ist auch Schluß. Das schwör ich Ihnen. Wiedersehen.«

Kaffeefilter? Ich gehe auf den Hof. Tatsächlich. Einige Dutzend Kaffeefilter hängen in der fast entlaubten Hecke. Ist mir noch nie aufgefallen. Einige Tage liegt der Sperrmüll noch zerwühlt vorm Nachbarhaus. Und was da alles liegt. Zum Beispiel die selbstgenähte Weste von Sina, die sie vor einigen Monaten in den Müll geschmissen hat. Dieses Wiedersehen macht uns Freude. Dann endlich rollen die Entsorger der Stadt mit schwerem Gerät an, und außer nichts ist nichts gewesen.

Vom Glück, im vierten Stock zu leben. Je höher man in einem Haus wohnt, desto mehr nimmt man vom Tageslicht wahr, desto mehr nimmt man vom Haus wahr, desto mehr nimmt man von sich selbst wahr. Man ist jemand, der vorbeigeht. Und der im Vorbeigehen mit seinen Sinnen etwas mitnimmt. Knut wohnt im vierten Stock und weiß, was er aus dem Treppenhaus mitnimmt, wenn er an Hartmuts Haustür vorbeigeht. »Das ist ein ganz charakteristischer Geruch«, sagt er. »So. Wie denn?« frage ich. »Ein Geruch nach abgestapelten Klamotten, nach kaltem Zigarettenrauch, nach Fäkalien und Urin, nach ungewaschen, nach Schweißfüßen. Manchmal sitze ich in der Küche und kann riechen, daß Hartmut aus der Wohnung gegangen ist. Das dringt durch die Ritzen meiner Haustür direkt in die Nase. Überhaupt kommt mir Hartmut vor wie ein Gas. Wie ein Gas, das in die Zwischenräume der Zivilisation dringt. Allein, daß er die Nacht zum Tag macht und den Tag zur Nacht, daß er einen umgedrehten Schlafrhythmus hat, allein das zeigt, wie er sich gegen die Norm bewegt. Bei ihm greift halt ein ganz eigener Überlebensmechanismus.«

Stimmt, denke ich, Hartmut macht es sich auf seine eigene Art bequem. Wenn er keine Lust hat, etwas nach unten zu tragen, wirft er es aus dem Fenster. In der Baumkrone vor unserer Haustür hängt ein grüner Pullover. Erst der Herbst macht die Enttarnung möglich. Und wenn Hartmut auf dem Hof werkelt und keine Lust hat, nach oben zu treppen, dann geht er zum Pinkeln in den Keller. In jeder Ecke von Christines noch leerem Keller stinkt es nach alter und neuer Pisse. Seit sie es ihm nicht minder pissig gesagt hat, stellt Hartmut seine Duftmarken ein. Stattdessen stellt er sich nachts zum Pinkeln in die Mitte des Hofes. Dort, zwischen den Mülltonnen, ist ein Abfluß. Dort steht er und pinkelt. Ich sehe ihm aus der dunklen Küche dabei zu.

Schnee der erste. Jedes Jahr dasselbe. Mitte August die ersten Schokoladenweihnachtsmänner im Supermarkt, dann beginnt man zu rechnen, wie lange das letzte Schwimmen, das letzte Tragen eines Kurzärmligen her ist, Tage, Wochen, Monate. Und dann zieht man eines Morgens, noch in der Aufwachphase, das Rollo hoch und starrt in die weiß verhexte Landschaft, die Pupillen verengen sich schneller, als es ihnen lieb ist, und man wundert sich.

Man wundert sich darüber, daß etwas passiert ist, mit dem man nicht gerechnet hat. Daß etwas passiert ist, das alles verändert. Und daß etwas passiert ist, das schon oft passiert ist, das jedes Jahr passiert. Man wundert sich, daß man mit der Wiederholung nicht rechnet, obwohl sie so offensichtlich ist. Immer wieder: Die Wiederholung ist eine Revolution. Der Schnee ist eine Revolution. Er hat es geschafft, die Vielfalt dieser Stadtlandschaft zu einer Einheit zu verschmelzen.

»Du, es hat geschneit«, sage ich zu Sina, deren Gesicht toll aussieht im Schneelicht. Schattenlos und hell, fast brennen ihre innergesichtlichen Konturen aus und verschwinden. Ein Licht für Modefotos. »He. Oh, ist das hell. Was Schnee?« »Ja, Schnee, guck doch mal.« Wir stützen uns auf die eben angedrehte Heizung und sehen nach draußen. Wahrscheinlich ist der erste Schnee so schön, weil er das einzig friedliche Naturphänomen ist, das wir Stadtmenschen kennen, das mit einem Schlag alles verändert. Nichts sieht mehr aus, wie es war. Plötzlich sieht alles mehr aus, wie es ist. Und es ist zusammen.

Ich lasse das Rollo wieder am Fenster runterrollen. Und krabbel zu Sina unter die Decke. Fahre mit Händen, Wangen, Lippen und Nase ihren Körper entlang wie ein Dampfbügeleisen. Lege mein Ohr auf ihren schon leicht gewölbten Bauch und bin still.

Liege lange und still unter der Decke, bis ich ein Herz schlagen höre. Ich muß die Augen schließen, mich konzentrieren, die Hitze, das Erhorchen. Da. Ich höre den Herzschlag jetzt deutlich. Und sehe auch ein Bild dazu. Weiß. Iglu. Iglueingang. Ich krieche durch den Iglueingang. Alles wird hell und warm und ganz durchadert rot, irgendwie auch feucht und was? Was ist das? Da stehen zwei blutverschmierte Babys, ein Mädchen und ein Junge, und schlagen mit einem großen Schlegel abwechselnd auf ein Paukenfell, das um eine herzförmige Pauke gespannt ist, die mit ihren Nabelschnüren verbunden ist. Die Schläge werden lauter, noch lauter, allzu laut, ich kriege kaum mehr Luft, fahre hoch. Muß wohl noch mal eingeschlafen sein.

»Was war eigentlich das Großartigste, was du je gefunden hast?« Er sieht nach unten, zieht seine Kein-Kommentar-Miene aus meinem Blick. Mag er nicht, über sich zu reden. Mag er nicht, wenn sich jemand für das, was er macht, interessiert. Seine Intimsphäre vereinnahmt ihn voll und ganz, verdeckt ihn mit einem Schutzmantel. »Och. Mal 'n Videorecorder oder 'n Fernseher«, nuschelt er, um flugs abzulenken und Kathrin und Knut im vierten Stock zu schelten. »Die sind aber auch immer unfreundlich. Du, die sind richtig sonderbar.« Plumpe Ablenkungsmanöver, das. »Bestimmt nicht sonderbarer als du oder ich, Hartmut«, sage ich, worauf ein kleines Lächeln über sein Gesicht huscht. Schade. Videorecorder und Fernseher. Hätte mir mehr Finderlohn in besten Fundsachen gewünscht. Vielleicht einen rosa Badezimmerplüschhocker, der merkwürdig klötert, weil im Kissenfutter eine Schatulle mit Familienschmuck versteckt ist. Oder ein aufrecht ausgestopftes Babykrokodil mit Strohhut, Zigarette und Regenschirm. Oder einen Koffer voll mit schwarzweißen Pornofotos aus den Sechzigern. So was eben. Dabei sehe ich Hartmut nachmittags mit zwei großartig vollen Plastiktüten beim Eckbäcker stehen und Kuchen essen. Eine Extraportion Restkuchen vom Vortag bewahren sie täglich für ihn. Sein einziger Termin. Und dazu einer, den er gierig wahrnimmt. Schneller als ich hinsehen kann, schnappt er seine Tüten und huscht eine expressionistische Schrägstraße hoch, die ich ihn schon oft hochhuschen sehen habe. Wie er heute wieder aussieht. Neongrüne, steif aufragende Pudelmütze, Schimanskijacke, rote Hochwasserjeans, weiße Tennissocken und die edlen schwarzen Lederschuhe mit Schnalle, auf die ich ihn neulich ansprechen mußte. »Was sind das denn für Schuhe, Hartmut?« »Du, das sind Schuhe mit Selbstglanz.« »Richtige Mercedesschuhe, was?« Viel Heiterkeit von beiden Seiten.

Hartmut hat es eilig. Vornübergebeugter, flotter watschelnder Gang. Pendelnde Plastiktüten linksrechts. Er selbst ist sein großartigster Fund, denke ich. Und ich denke es ein bißchen mit Neid. Wer kann schon von sich behaupten, sich gefunden zu haben, dann noch als Fundstück zu drapieren und als Siegeszug seiner selbst durchs Straßenbild zu tragen. Kaum jemand sucht sich ja heute noch in seiner Verlorenheit. Was macht Hartmut mit all den Sachen, die er in Plastiktüten umherträgt. Er geht seiner Mission nach. Er wird sie einem Bekannten anbieten. Sperrmüllkönig, wird der sagen, was hast du mir heute mitgebracht? Hier, Bekannter, sagt Hartmut dann beim Auspacken, einen Rasierapparat, vier Pornovideos, Wollstrümpfe, ein paar Hemden und diese Dose Hundefutter. Ist noch nicht abgelaufen.

Wie ist das mit der Menschwerdung? Der Lebenssaft, der durch einen pulst, wird plötzlich in ein neues Antriebssperrwerk umgeleitet. Je mehr darin zusammenströmt, umso mehr Energie kann freigesetzt werden. Fürs Wollen und Wogen und Quellen und Branden. Fürs Kindchen anlanden. Sina hält die Hände auf ihrem Bauch. Wir liegen im Bett. Ist schon ganz schön was zu sehen, von der Wölbung. »Was für ein Irrsinn«, sage ich zu ihr. »Wenn ich mir vorstelle, daß ich durch bloßes Gevögeltwerden etwas in mir auslöse, wodurch sich mein gesamter Körper verformt. Uncheckbar. Grandios eigentlich. Ichselbst. Inmir. Baut sich eine extrem hohe Dichte und Temperatur auf. Sich erhitzen für einen neuen Lebensmittelpunkt, der sich im selbst ausdehnt, wie ein unendlich langsam ablaufender Urknall.« Sina sieht die Sache mit ihrer Ausdehnung pragmatischer. »Scheiße, ich wollte heute meine Stiefel anziehen, aber meine Waden passen nicht mehr in den Schaft.« »Wasser oder was?« »Keine Ahnung, vielleicht, ja. Jedenfalls paß ich da einfach nicht mehr rein. Und wenn ich meine Haare durchkämme, wird mir ganz schlecht. Was da alles in der Bürste zurückbleibt. Hunderte von stumpfen zersplissten Haaren. Jedesmal. Hier, sieh dir das an.« Sie rauft sich und tatsächlich büschelt es blond aus ihren Fingern. »Und meine Fingernägel splitten und brechen in einem fort. So ist es eben. Die ganze Energie geht in den Bauch. Und immer nur noch Latzhose, das nervt auch. Bin froh, daß ich mir heute noch das grüne Kleid gekauft habe.« »Grün? Haha. Das ist grau.« »Grau? Sag mal, wer von uns ist hier der Farbenblindfisch. Ich oder du?« »Ok, es ist graugrün.« »Nee, also wenn überhaupt ist es grüngrau.« Das hartnäckig Grüngraue freut mich. Sina bekommt wieder Kampfeslust. Aller Entzugserscheinungen im körperlichen Hornbereich, aller Trägheit zum Trotz bekommt sie eine gehörige Portion Wallung und Strotzkraft geimpft. Jede zweite Nacht hängt sie nun im Fischmarkt rum, um Fotos für einen Auftrag zu machen. Wenn sie dann frühmorgens heimkommt und zu mir ins Bett kriecht mit ihrem schwangeren Bauch, dann stinkt sie wie untenrum ungewaschen. »Geh dich mal duschen«, murmel ich dann. Und sie: »Ooooh, ich bin doch sooo müde.« Schon komisch, sich morgens und abends zu waschen, damit man für seine Freundin nicht nach untenrum ungewaschen riecht, dafür aber eine Freundin ins Bett bekommt, die nichts mehr riechen kann, nicht mal sich selbst, wie sie unbeschreiblich nach untenrum ungewaschen riecht. Geht 'n Blinder am Fischgeschäft vorbei … »Och doch, geh dich mal doch lieber duschen.«

»Vielleicht ist's das Blinkerrelais.« Hartmut ist gar nicht so doof, wie er tut. »Es ist tatsächlich das Blinkerrelais«, erzählt Hans-Joachim, der im Hof seine Vespa repariert. »Und das, nachdem ich schon einige Stunden am Rumfummeln war. Der Blinker wollte einfach nicht gehen. Dann kam Hartmut, versenkte seinen elektrischen Treffer und meinte: wenn du mal wieder was hast, kommst du am besten gleich zu mir.« Wir lachen.
Hans-Joachim erzählt mir auch, mit welcher Technik Hartmut die Unmenge Sperrmüll vor einigen Wochen vom Hof abtransportiert hat. »Das ging alles auf seinen Bollerwagen.« »Was? Der gesamte Hofmüll?« »Ja, alles. Er hat zwei große Spanplatten auf den Bollerwagen gelegt, so daß er eine Fläche von mindestens zwei mal drei Metern hatte. Die hat er dann beladen. Die flachen Sachen nach unten und die schweren Sachen in die Mitte, das Klötergelöt obenrauf und ab

gings durch die nächtlichen Straßen zum fröhlichen Sperr-müllverteilen.« »Wie verteilt er den ganzen Kram?« »Er weiß genau, wo welche Baucontainer stehen, wann welche Müll-tonnen wo geleert werden und so weiter. Er kennt sich da einfach aus. Er ist der Müllgott dieser Stadt.« Müllgott, ist ja geil, denke ich. Für mich ist er bisher nur der Sperrmüllkönig. Seine Doofheit, seine mangelnde Kommunikationswilligkeit, seine schwache, nicht zureichende Intelligenz ist alles Trick, alles Fassade. Er lenkt seine Hirnströme in die Schlauchungen, die im Dienst seiner Überlebensstrategie stehen. Den nächsten Videorecorder, Fernseher aufzutun, der ihn auf Trab hält, Selbstbewußtsein, Lebenssaft und Selbstbestäti-gung gleich Geld und/oder Fremdbestätigung gibt, kurz, der seinem Leben einen Sinn gibt.

Liebe Katzenfreunde!
Bitte nicht klingeln für die Katzen. Besonders Felix liebt Gesell-schaft, deshalb liegt er auf der Straße und »spricht« jeden an, um gestreichelt zu werden. Er ist keineswegs ein armer schwar-zer Kater!!! Er kann immer in die Wohnung. Lassen Sie ihn ins Haus, so sitzt er spätestens fünf Minuten danach wieder vor der Tür und sucht neue Opfer zum Schmusen.
Sie wollen doch nicht, daß er seine Freiheit verliert und eine Wohnungskatze werden muß, weil die Mieter durch häufiges Klingeln genervt sind. Also bitte
Nicht klingeln für die Katzen!!!
Danke! Rosette Deutschbein
Es ist weniger Kater Felix als vielmehr die gute Rosette Deutschbein selbst, die auf der Straße jeden anspricht, um fein Klatsch und Schwatz zu halten. Sie wohnt seit über fünf-zig Jahren im Nachbarhaus und hat von dort die Welt im

Blick. Ihr Mann, von dem sie gern erzählt, ist vor einigen Monaten verstorben. Von ihm erinnere ich nur noch die schwarz behandschuhte Kunsthand. Derlei sah ich früher öfter, heute, so denke ich, sind die alten Kunsthandmänner mit den schwarzen Schuhen fast sowas wie eine aussterbende Spezies in Deutschland.

Egal. Jedenfalls sehe ich eines milden Morgens ins gutmütige Schweinchengesicht von Rosette Deutschbein. Ich tippe im Smalltalk das Thema Hartmut an. Und lande einen vollen Treffer. Rosette Deutschbein erzählt mir *The Story of Hartmut*:

»Also Hartmut den kenn ich noch als er ein kleiner Junge war. Der hat es auch nicht immer leicht gehabt, das können Sie mir glauben. Der kam als Waisenkind, noch keine drei Jahre alt, zu seinen Pflegeeltern hier in die Straße. Sein Pflegevater arbeitete auf der Howaldt-Werft als Rostklopfer, ein stämmiger Kerl. Aber auch ein Säufer. Überhaupt das ganze Haus, in dem Sie jetzt leben, bestand nur aus Säufern. Na ja, und so hat er sich im besten Mannesalter totgesoffen. Fiel einfach um. Und die Pflegemutter war auch nicht viel besser. Hatte nur Schnaps im Kopf. Mitte des Monats hatte sie ihr Sozialgeld bereits versoffen. Dann ist sie hier in der Straße betteln gegangen. Ist mit ihrem blauen Hauskittel durch diese Straße gelaufen, hat wildfremde Leute angesprochen, die Hand aufgehalten, und wenn sie genug beisammen hatte, dann ist sie über die Kreuzung zum Kiosk. Schnaps kaufen. So ging das jeden Tag. Bis am ersten das Sozialamt wieder ihr Konto füllte. So ging das Jahr für Jahr. Bis sie eines Tages, die Hand voll Kleingeld, über die Kreuzung zum Kiosk ging und von einem Lkw überfahren wurde. Überall lag ihr Kleingeld auf der Straße, das weiß ich noch. Niemand hat sich getraut, es aufzuheben. Das ist jetzt auch schon wieder zehn Jahre her. Und ich weiß es noch, als wär es gestern.« Kater Felix schnurrt um ihre Beine, schnurrt um meine Beine, als sie sagt: »Und Hartmut saß im Garten auf dem Hinterhof und hat geweint.«

Zu einem der nächtlichen Fototermine gehe ich mit Sina, damit sie mal zwei ist, wenn die Fischmarktkerle sie dort im kalten Neonlicht anstarren. Die Halle ist groß. Man kann mit dem Laster durchfahren. Zu beiden Seiten der Durchfahrt haben die Händler ihre bekachelten Verkaufsräume. Nachts um zwei beginnt die Schicht. Es ist saukalt heute. Der erste Händler, bei dem Sina fotografiert, gibt bereits Ton und Marschrichtung. *Jetzt KARPFEN essen!* steht auf einem neongelben Schild, das an der mittleren Kachelsäule hängt. Und just in diesem Moment werfen zwei bös fertige Typen Weihnachtskarpfen durch die Luft, während der Chef, ein ausgekochter alter Hase, danebensteht. »Das aber nicht fotografieren«, sagt er zu Sina. »Sonst krieg ich wieder Ärger mit dem Tierschutzverein. Auch die Messer hier mit dem Holzgriff dürfen nicht fotografiert werden. Sind aus hygienischen Gründen verboten. Immer nur Messer mit Plastikgriffen fotografieren.«

Etwa zwanzig lebende Karpfen werden aus einem der beiden Karpfenbassins gekeschert, dann durch die Luft in einen weißen Kunststoffbottich geworfen, der auf einer Waage steht. An der Waage steht der Ableser, gibt Größe und Grammzahl dem Chef durch, der die Daten einlistet. Dann fliegen die Karpfen wieder durch die Luft und knallen in eine Bretterwanne. Alle zwanzig. Jetzt geht schnell, was schnell gehen soll. Die Tötungsmaschinerie arbeitet Hand in Hand. Auf die

Köpfe der ersten Karpfen sausen noch Totschläger, die übrigen werden lebendig vom Anus zum Bulbus arteriosus aufgeschlitzt. Täusche ich mich, oder haucht uns gerade eine brachiale Freude an der Grausamkeit an? Vier gummibehandschuhte Hände brechen die geschlitzten Kaltblüter auf und entreißen jedes Geheimnis. Haufenweise liegen Innereien. Schwimmblasen berühren erste Außenluft. Mit einem Blockmesser werden die Karpfen halbiert. Ein Schlauch spült in gespaltenen Leibern. Die letzte Blutbahn verschwindet wäßrig im Ausfluß. Fünf Minuten, das war's. Was mich so schockiert: nicht das viele dicke rote Blut, Karpfen bluten ja wie die Schweine. Wohl auch nicht die eingespielte Schnelligkeit des Tötens. Eher, daß ich bis zu diesem Zeitpunkt nicht wußte, daß Karpfen die niedlichsten Fische sind. Daß sie unter den Kaltblütern den Prototyp des Kindchenschemas stellen. Mir wird ganz unwohl. Sina ist mit ihrer Kamera schon weiter, fotografiert einen kleinen beleuchteten Tannenbaum in der Kachelecke beim Aalhändler nebenan. Dort steht eine orangefarbene Betonmischmaschine, in der die Aale lebend in Salpetersäure durchgetrommelt werden, bis sie tot sind und aus der Maschine eine ekelhaft beißende Schwarzsuppe läuft. Sina kratzt das alles nicht. Sie ist schon wieder woanders. In der Fischräucherei neben der Halle. Eine Schillerlocke kauend kommt sie mir entgegen. »Alles klar?« fragt sie.

Zweimal klingelt es heute in Sachen Hartmut an meiner Haustür. Morgens um elf steht ein besoffener Vierzigjähriger mit zernageltem Gebiß vor mir. »Was willst du?« frage ich. »Ich soll hier irgendeinen Fernseher abholen«, meint er forsch, »und Hartmut hat gesagt, ich soll bei dir klingeln, da-

mit du mir tragen hilfst.« »Bin ich euer Leibeigener oder
was?« Ich schlage ihm die Tür vor die Nase.

Spätnachmittags klingelt Hartmut, gehetzt, aufgelöst. »Was
ist?« frage ich. »Mmh«, sein Blick bohrt sich in unsere Fußmatte, »kannst mir mal einen Gefallen tun. Ich war nämlich
gestern den ganzen Tag hier zu Hause. Bei mir.« »Ja und?«
»Weil da einem meiner Kollegen der Schlüssel weggekom-
men ist. Und jetzt kommt er und meint, ich hab ihn geklaut.
Aber ich war ja gestern den ganzen Tag hier zu Hause.«
Stimmt nicht, denke ich, hab dich doch gestern morgen dein
Fahrrad auf den Hof tragen hören und sehen. »Und jetzt soll
ich dir ein Alibi geben oder wie?« »Nur sagen, daß ich im
Haus war gestern.« »Tut mir leid Hartmut. Kann ich nicht
tun. Will ich nicht tun. Regel die Geschäfte mit deinen Kol-
legen selbst.« Punkt. Und Tür zu.

Kann ich mir allerdings vorstellen, daß Hartmut den Schlüssel geklaut hat. Und daß sein Kollege hier heut morgen so
'ne Art Kontrollgang gemacht hat, als er vor meiner Tür
stand. Überhaupt glaube ich, daß Hartmut einen kompletten
Schlüsselsatz dieses Hauses hat. Nur so kann er geisterhaft
durch die Wohnungen wandeln. Hat nicht Knut gesagt, er
hätte mehrmals das Gefühl gehabt, in seiner Wohnung sei
wer gewesen? Und wer ist Hartmut. Und Knuts Lieblingskaf-
feebecher ist und bleibt verschwunden.

Hartmut breitet eine latente Aggressivität um sich. Die irrealen Schutzmäntel, die jede Nähe abblocken, die hygienische
Penetranz, die sich von Körpergeruch verbreiten bis in Keller-
eckenpissen steigern kann und seine langen Finger.

Knut fehlte plötzlich ein rotes T-Shirt von der Dachboden-
wäschespinne. Und Hartmut trägt gerne rot. Also hat er ihm
die Pistole auf die Brust gesetzt und gemeint: Wer sollte

sonst, wer könnte sonst, da bleibst nur du, also sag, wo ist mein T-Shirt, ich will es wieder, und zwar schnell. Und Hartmut hat einen seiner Bodenblicke aufgesetzt, geklickert, gerattert, gegrübelt und schließlich gemeint: »Kollegen von mir sind gerade aus dem Knast entlassen worden. Vielleicht haben die es geklaut.« Und am Abend lag das Rote wieder fein säuberlich zusammengelegt auf der Fußmatte. Raffiniert, denke ich, als Retourkutsche eine schleichende Drohung in Mehrzahl loszulassen. Gleich mehrere Kollegen aus dem Knast zu entlassen. Und wenn Hartmut auf die Fußmatte starrt, denke ich weiter, dann überlegt er bereits, daß all die Dinge, die er irgendwann zurückgeben muß, schon ihren Platz haben.

Dazu erzählte mir Christine noch die Schauermär von Hartmuts Onkel, die sie irgendwo aufgeschnappt hat, daß der nämlich seine Alte umgebracht hat, indem er sie in einen Metallkasten eingeschweißt hat. Und Grimm meint, als ich mit ihm über Hartmut spreche, daß Hartmut die Kriterien eines Massenmörders bis ins Kleinste erfüllt: männlich: ja; weiß: ja; zwischen dreißig und fünfzig: ja; verklemmt: ja; problematisches Verhältnis zu Frauen: ja; intelligent: wenn man alles zusammennimmt, ja; unauffällig: wenn man die Auffälligkeit in den Dienst der Unauffälligkeit stellt, um in den Status des Nichternstgenommenwerdens zu gelangen: ja.

Einen ganz ungefährlichen Haken hat Hartmuts übler Charakterballast allerdings. Seine düstere Aura paßt wie die Faust in die ihm eigene Überlebensstrategie. »Wenn ich ihn mal anmotz und mich über irgendwas massiv bei ihm beschwer«, sagt Knut, »dann merk ich richtig, wie es bei ihm ins eine Ohr rein-, aus dem anderen rausgeht, wie er denkt *jaja, sabbel mal, ich bin noch hier wenn du schon längst wieder weg bist, ausgezogen bist, tot bist.* Das mein ich, wenn ich sage, daß Hartmut gar nicht so doof ist, wie er tut.« Stimmt-stimmt, denke ich. Hartmut sieht die Menschen in seinem Leben kommen und gehen, wie kaum einer. Seine Eltern. Seine Stiefeltern. Seine Kollegen. Freunde. Die Hausmitbewohner. Er aber, und nur er, ist immer noch in diesem Haus. Seine Strategie funktioniert. Und er bleibt.

Auch so eine Penetranz. Morgens um Viertel vor fünf mit dem blechernen Schneeschieber vor unserem Schlafzimmerfenster über den Bürgersteig zu kratzen. Einmal aufgewacht, kann man wahnsinnig werden darüber. Ich werde es ihm stecken, diesem Idioten, denke ich, ich werde mich rächen. Denke ich und vergesse es. Nächste Nacht liegt der Fall schon wieder ganz anders. Denn ich liebe Hartmut. Bis eben hat es noch heftig geschneit, den Weg nach Hause ging ich betrunken durch heftiges Schneegestöber. Komme vom Pokern mit Bauknecht, Exen und Grimm. Die letzte Flocke fällt, und ich stehe auf der schneebedeckten Rasenhälfte in unserem Hinterhof. Jeder Schritt knirscht. Die Stadt schafft es auch jetzt noch, tief in der Nacht, die Wolkendecke zu phosphoreszieren und auf die Schneedecke ein Neondämmerlicht zu werfen. Bei jedem Schritt knirscht der Schnee mit den Zähnen.

Die zugeschneiten Strünke und Triebe der Heckenrose, die den Eingang der Rasenhälfte umkronen, begeistern mich. Blitz. Hier stehe ich, blicke Stilleben und flashe ab, was mir durch den Sucher vor die Augen kommt. Der Grill. An etwas Heißes denken und dabei etwas Kaltes sehen. Wie gut das tut. Blitz. Der zugeschneite Rost, durch den der Schnee in die Senke der Kohlepfanne gefallen ist. Im Sommer stand der

Grill noch mitten im Grün des Rasens, und in ihm brannten rote Begonien. Ich liebe Hartmut. Noch mal Blitz. Der makellos wattierte Marmortisch mit den zwei rund zugeschnitten Aschenbechern. Zwischen ihnen eine weiße Thermoskanne mit noch weißerer Haube, links daneben ein Goldfischglas mit Seidentulpen, deren Blüten aus den abgelegten Flocken brechen. Blitz. Hier stehe ich und möchte einfach stehenbleiben, überlege es ein paar berallerte Sekunden lang und gehe. Als wäre mein Weggang Signal, schüttelt Frau Holle wieder die Betten. Aus den Augenwinkeln sehe ich im Eingang zum Heizungskeller Hartmuts Bollerwagen. Fein abgedeckt mit einer durchsichtigen Plastikplane, auf der ein Schrubber steht. Nichts soll hier wegwehen. Alles soll so bleiben, wie es ist. Blitz. Und ich? Soll nun wohl schlafen. Die Ruhe der Nacht, dazu der Schnee, der über allem liegt und die Geräusche dämmt. Die Wahrnehmung schneit ein, wird eins und duckt sich in die Einmaleinswerdung. Augen zu, weiß, und durch, weiß. Einfach einschlafen.

Ich hatte meinen Blick drauf, es hat mich irritiert, und anstatt darüber nachzudenken, habe ich es vergessen. Vielleicht weil es so abwegig war. Jetzt fällt es mir wieder ein. Es waren mehrere blaue Glitzerteilchen, die in und um Hartmuts Augenhöhlen blitzten. Was ist das? dachte ich, doch sah ebenso schnell wie ich hineinsah auch wieder heraus, aus seinem Gesicht. Und jetzt, mehrere Monate später, bleibt mein Blick erneut in seinem Antlitz stecken und zerrt mir den blau glitzernden Rückblick ins Gedächtnis.

Ich stehe vorm beleuchteten Hauseingang. Es ist dunkel, es ist spät, und Hartmut kommt mir entgegen, trägt sein Fahrrad aus dem Haus an mir vorbei. Eine Sekunde nur, als sich

unsere Augen kreuzen. Siehst du es? sagen seine Augen.
Kann ich denn anders? sagen meine Augen. Klar sehe ich,
daß Hartmut geschminkt ist. Er hat kräftig Rouge aufge-
tragen und sich die Augenbrauen dunkel übertönt. Maske.
Einen Augenschlag überlege ich. Nein, es ist kein Karneval.
Hartmut setzt sich auf sein Fahrrad und radelt über den
schneegefegten Bürgersteig davon.

Da steht ein Ich in mir und grübelt. Hartmut 'ne Transe?
Neenee, glaub ich nicht. Hartmut ein sexuelles Wesen? Hm.
Irgendwie liegt die Sache komplizierter, oder einfacher, wie
man will. Okay, er befraut sich, fetischisiert sich qua Schmin-
kerei, doch glücklich sah er damit nicht aus. Fast wie Frau-
sein wider Willen. Oder Frau sein, um zu Willen zu sein.
Wem? Jedenfalls fehlt ihm die letzte Konsequenz zum Cross-
dressen. Trug seinen Lodderlook wie üblich zur Schau. Heute
zudem noch mit feuerroter Pudelmütze. Wozu also das tun-
tige Dekor im Gesicht? Weil er gestört ist? Nein. A ist er
nicht gestört und B macht er das ganz bewußt. Bleibt also die
sexuelle Seite der Medaille. Hartmut fährt ja irgendwohin.
Also gibt es einen Adressaten für den geschminkten Absen-
der. Vielleicht sind es auch mehrere Adressaten. Vielleicht
macht Hartmut mit ihnen einen Deal. Wenn er ihnen die
Frau mimt, sprich, seinen Arsch hinhält, bekommt sein Körper vielleicht die Art von Selbstbestätigung, die ihm in einer
anderen Form abgrundtief verborgen bleibt. Vielleicht hat er
mangels Alternativen die Form der Erniedrigung schätzen
gelernt. Und seine versoffenen Kollegen sind so im Arsch,
daß sie nicht mehr attraktiv genug sind, um frisches Fleisch
aufzureißen. Daß sie sich dabei einen bösen Scherz erlauben
und Hartmut hübsch auflaufen lassen, kann ich mir auch vorstellen. Dann aber nutzen sie die Situation schamlos aus, und

Hartmut muß es ihnen richtig besorgen. Schön jedenfalls, denke ich, daß es auch von Hartmut schmutzige Dinge gibt, von denen niemand etwas weiß.

»Hey, komm mal schnell«, ruft Sina, und ich eile zu ihr ans Hoffenster. »Oh, Gott, jetzt findet er gleich mein Handtuch.« Hartmuts Hände verschwinden in der Mülltonne. »Wieso, was ist mit dem Handtuch?« »Da hab ich die ausgelaufene Photochemie vom Küchenboden mit gewischt. Das ist durchtränkt von Gift.«
Und tatsächlich, Hartmut hebt das giftig-nasse Handtuch in die Höhe, läßt es vor seinen Augen baumeln und denkt: gar nicht schlecht, etwas feucht, etwas stinkend, kann man wohl waschen das Handtuch, das nehm ich mit, vielleicht kann's jemand gebrauchen.
Unsere Elektrogeräte hat er sich ja schon aus dem Keller gekrallt. Das Bügelbrett, das ich zu festlichem Anlaß, wenn das Oberhemd glatt und steif sein muß, immer so schmerzlich misse. Ich fand es einige Monate später, den Überzug völlig verkohlt an der nächsten Straßenecke. Und laufe seither weiter mit zerknittertem Hemd bei offiziellem Anlaß auf und ab. »Schau mal, und jetzt zündet er sich eine Zigarette an.« Komisch, ich hab Hartmuts Zigarettenrauch schon oft im Treppenhaus gerochen, ihn aber noch nie rauchen sehen. Er setzt den Filter kurz an die Lippen und beginnt beim Wegnehmen der Zigarette den Rauch sofort wieder auszupaffen. Es geht nicht um das Nikotinfeeling im Körper, es geht um die Geste. Ich rauche, deshalb bin ich einer von Euch. Nur woher weiß Hartmut, daß wir ihn jetzt so genau beobachten? Er spürt es irgendwie. Das ist mir schon öfter aufgefallen. Wenn ich aus dem Treppenhausfenster im dritten Stock nach unten

auf den Hof schaue und Hartmut dort steht, dann dreht er sich wie automatisch zu mir hoch und blickt mich an und sieht dann weg. Als ob nichts gewesen wäre, weil nichts ist. Wenn ich unten auf dem Hof stehe und seinen Balkon im Visier habe, dann dauert es keine zehn Sekunden, bis er, über seine Balkonbrüstung gelehnt, das Wetter zu kommentieren anfängt. »Weihnachten hätte das mal so schön schneien müssen. Nicht immer nur wenn alles vorbei ist.«

Hartmut hat einen Zusatzsinn, den siebten. Das Sender-Empfänger-Prinzip funktioniert mit und bei ihm wie bei und mit keinem Zweiten. Hartmut ist immer auf Empfang.

Wie ist das mit der Gottwerdung? Gott kann nie werden, weil Gott immer schon ist. Gott wird immer erst als Mensch erkannt, als einer, der besonders hervorragend, stark, sieg-, kenntnis- und erfindungsreich ist. Der überragend mehr kann und weiß als die übrigen Menschen. Dieser Übermensch wird von seinen Mitmenschen zu Gott erhoben und man sagt ihm: das, zu dem wir dich erhoben haben, Gott, das sollst du nun sein, das bist du. Du bist ein Techniker, der Erfinder der dreidimensionalen Urzeit, in der wir immer noch leben, aus der wir nicht herauskommen. Und Gott, der Erhobene, dadurch Erhabene, ist einmal mehr in seiner omnipotenten Sphäre aufgegangen; hat sich den Menschen kraft außergewöhnlicher Fähigkeiten ex post zu erkennen gegeben. Und er hat die Größe, es den irrenden Irdenen nicht aufs Butterbrot zu schmieren.

Er kann ja auch sagen: hey Menschen, seid ihr nun total verblödet da unten oder was? Ihr Hohlköpfe habt nicht das Recht und die Kraft, mich in meinen göttlichen Status zu schrauben. Was maßt ihr euch an. Nur ein Gott kann als

Mensch auf Erden wandeln und sich als Gott zu erkennen geben. Ein Gott ist, was er ist. Ein Gott bleibt, was er bleibt. Ein Gott wird nicht gemacht, schon gar nicht von euch. Nur weil ich mich auf eurem Boden erniedrigt habe, mich zum Knecht des Menschengeschlechts zu machen, brauch ich noch lange nicht die Almosen eurer Erhebungsdynamik. Spart euch die Energie für eure Diktatoren. Und das ekelt mich am gröbsten: eure Ergriffenheit dabei. Der Mensch ist ergriffen von seiner eigenen Ergriffenheit, dieser Emotion im Dienst der Eitelkeit. Jede Trauerfeier, an der er teilnimmt, gerät so zu einem memento mori in eigener Sache. Bah. Selbstbemitleidung. Ich verfluche die Ergriffenheit, den zur Seifenblase aufgeblasenen Lebensberechtigungsschein. Ich verfluche ihn.

Dergleichen könnte er künden und donnern und grollen, aber nein, er übt sich in Zurückhaltung und läßt die Menschen im Gefühl absoluter Selbstbestimmung, doch ohne höheren Auftrag weiterwandeln. Das muß man sich mal vorstellen, diese Dimension: Sechs Milliarden Menschen rennen um eine Kugel und niemand weiß wiesoweshalbwarum. Also halten wir Ausschau nach einem von uns, nach einem Menschen mit besonderen Fähigkeiten. Der uns ein Zeichen geben soll. Der es richten soll.

Dieses Wetter, irgendwo zwischen Sünde, Tod, Trauer und Unschuld, Reinheit, Frieden. Dieses ewige Grau. Die graue Maus, die über allem liegt und sagt: »Macht nur schön weiter, ihr Emsigen da unten. Kümmert euch einfach nicht um mich. Ich bin morgen auch noch da. Und übermorgen. Und überübermorgen ...« Doch wer will schon unter der grauen Maus knechten. Totale Blutarmut bei allen Beteiligten ist die

Folge. Seit der globalen Klimaerwärmung sind die Temperaturen milder. Das ist ja ganz schön, wenn nur nicht Endwinter ist und der mögliche Schnee als Regen kommt. Die feuchte Luft ist so kalt, daß sie dir beim Verlassen der Haustür geradezu ins Gesicht beißt. Es ist ein Wetter, das dich haßt. Und dafür haßt du das Wetter. Die Sonnenreserven, die die Haut im Sommer absorbiert hat, sind verbraucht. Körper und Geist lechzen nach Aufhellung und Wärme, die Tanks sind leer, die Lebensgeister entwichen. In fast greifbarer Nähe harren sie ihrer Rückkehr. Und du, du nordischer Wicht, du bleibst kraftlos zurück. Im Sammelbecken himmlischer Tiefs. Und jeden Morgen ermatten deine Augen wieder in die drückende Wolkendecke und deine Sinne frieren nackt in Regen und Sturm. Stunden, Tage, Wochen, Graugraugrau. Jeder Spaziergang ist eine kalte Dusche, überhaupt macht jeder Gang zum begossenen Pudel. Dieses Wetter ist eine himmlische Depressionsprogrammierung. Krank. Und immer wieder krank. Als ob kein Blut, sondern graues, kaltes Wasser durch die Adern pulst. Mit dem kalten Blut verlangsamt sich dein Leben, das Gefühl, mit dem Druck von oben in die Breite zu gehen, aus dem Grau nicht mehr herauszukommen. Man sollte dieses Gefühl eigentlich als lebensverlängernde Maßnahme genießen. Aber ich kann nicht. Ich hasse dieses Wetter, den fischkalten Regen, der keinen Glanz, der einfach gar nichts zum Leuchten bringt.

»Ich glaube, heut hab ich das erste Mal was gespürt im Bauch.« »Wie denn, was denn?« frage ich. »Na ja«, sagt Sina, »ich hatte schon manchmal das Gefühl, daß da vielleicht was war, ganz schwach, ganz zaghaft, aber ich wußte immer nicht so genau, ob es wirklich was war. Doch heute. Heute kam dieses Gefühl öfter. Immer mal wieder. Da – jetzt auch gerade. Ist ein richtiges Glücksgefühl.«

Wir liegen im Bett. Ich lege meine Hand auf Sinas Bauch. Glück entsteht immer erst durch Wiederholung, denke ich. Und wie ohnmächtig man ist, das Glück des Augenblicks zu erleben. Denn das Bewußtsein für solchen Moment übertölpelt einen, die Sinneswahrnehmung läßt keine Zeit zum Durchatmen, sondern meldet den Glückseindruck zur Koordination und Verrechnung ans Gehirn. Und bis er dort als Glück erkannt und verarbeitet ist, ist die eigentliche Glücksursache auch schon vergangen und vorbei. Dann kann man sich nur noch nachfreuen. Erst die Möglichkeit der Wiederholung füttert die Vorfreude an, gibt der Erwartung Raum. Erst die Wiederholung schleift die schönsten Momente in die Sicherheit des Erfahrungsschatzes.

Schön sieht er aus, Sinas Bauch. Sie ist ein großes Mädchen mit einer engen Taille. Der leicht gewölbte Bauch veredelt ihren Körper. Kann man schon verstehen, warum Jan van Eyk der Eva im Genter Altar den Bauch wölbte. Die schönste Eva ist immer die, die ein Kind unter ihrem Herzen trägt.

»Ist es nicht ein komisches Gefühl, mit einem Kind im Bauch rumzulaufen?« frage ich Sina. Nach einer kurzen Pause meint sie: »Es ist ein geiles Gefühl. Der Körper brennt für dich ein riesiges Hormonfeuerwerk ab und es gibt immer wieder Ausschuß-Ausschuß-Ausschuß dabei. Du fühlst dich gut. Du freust dich. Hast keine Zukunftsangst. Deswegen heulen so viele Frauen nach der Geburt, weil ihr Körper ihnen den Endorphinhahn abdreht und sagt Schlußaus, nun sieh mal wieder selber zu, wie du glücklich wirst. Außerdem hab ich mit uns beiden eh good vibrations. Und wenn die dann noch dazu kommen, dann, na ja, dann ist ja wohl alles richtig.«

»Und wie ist deine Beziehung zum Kind in dir?« »'ne richtige Beziehung ist das irgendwie noch nicht. Ich liebe meinen Bauch und ich liebe so das Kind. Ich streichle meinen Bauch und spüre den gestreichelten Bauch, nicht das gestreichelte Kind. Dennoch weiß ich, daß ich so das Kind streichel.« Wie war das noch gleich: Ich bin okay, du bist okay. Liebe dich selbst, sonst liebt dich keiner. Sorge dich nicht, lebe. Die Wahrheit im Trash. Muß an Hartmut denken, auch er sucht im Müll seine Wahrheit. »Aber sonst geht's dir gut, ja?« frage ich Sina und wir lachen. »Einzig meine Schlafposition hat sich verändert. Ich liege nun immer auf der Seite und brauche ein dickes Kissen zwischen meinen Knien.« Spricht sie, stibitzt sich meins, rollt sich zur Seite und schläft ein. Ich betrachte noch ein wenig ihre Rückenseite.

Man lebt so dahin. Als Frank Zappa das Album *One Size Fits All* aufnahm, bin ich sieben Jahre alt. Es ist das Jahr 1975. Ich spiele als Dauerdepp unserer Hochhausmannschaft mehrere Monate den Torwart, bis ein anderer Depp in unser Hochhaus zieht und den Torwart macht.

Das Cover von *One Size Fits All* ist wie viele Zappa-Cover von Schenkel & Lascaron gestaltet und mit der größenwahnsinnigen Jahreszahl 1675 versehen, damit es etwas nach holländischem Barock à la Rembrandt mufft, damit es etwas Geniales für das Jahr 1975 aufwirft. Ein großes rotes Sofa schwebt durch den Weltraum. Auch der Betrachter ist ins Bild geholt durch eine männliche Hand mit halb abgebrannter Zigarre, die rechts unten ins Cover hineinragt. Und ja, der Weltraum, lauter Gags, Hände, die sich vom Rand her einmischen, den Mond halten, Saturn einige Drehungen geben oder in eine Milchstraße pinseln. Auf der Coverrückseite unterhöhlen Riesenameisen ein Kleinstadtidyll und bringen es zum Einsturz. Darüber spannen sich die Sterne des nördlichen Polarhalbkreises, nur mit neuen Sternbildern versehen, mit siamesischen Zwillingen, Ochsenfrosch, Königslimousine und und. Man kann sich das anschauen, drüber nachdenken und sich drin verlieren, wie alles andere, das sich im Nichts der Lächerlichkeit verliert.

Ich habe diese Platte vor Jahren mal besessen, zu einer meiner Zappa-Phasen mal teuer erkauft und dann irgendwelchen Partykiffern geliehen, die sie unbedingt aufnehmen und nie wiederbringen wollten. Doch wie es so ist mit Zappa-Phasen. Sie kommen und gehen, plötzlich nerven die immer zu langen Gitarrensoli, der Spaßfaktor, der Musik nur duldet, wenn man sich drüber lustig macht oder einfach die Idiotie, daß sich der Bandleader trotz oder wegen schlechter letzter LP zur Präsidentschaftswahl auserkoren fühlt. Besser nicht. Langweilig und ausgelutscht. Bis ich eines Nachmittags auf dem Balkon sitze und Rauchkringel in die milde Winterluft blase, will ich von Zappa nichts mehr wissen. Bis die Hinterhoftür einmal mehr holzig aufpoltert und Hartmut sein Rad zum Entladen neben die Mülltonnen schiebt.

»Na, Hartmut«, sage ich, »vom Beutezug zurück?« Er schnauft sich einen zurecht, nuschelt knapp »ja«, nimmt sein violettes Satinkissen vom Fahrradsattel und entlädt allerlei Gelöt aus dem Korb des Gepäckträgers. Plötzlich hat er eine Schallplatte in der Hand. Ich kann sie nur flüchtig sehen, hab so ein komisches Gefühl dabei. »Sag mal, Hartmut, ist das nicht 'ne Zappa-Platte?« frage ich. »Willst sie haben?« fragt er. Es ist die *One Size Fits All*, die ich nun in meinen Händen halte. Was für einen Umweg mag sie genommen haben? Vom Kiff-Freak zum Second-Hand-Plattendealer, vom Second-Hand-Plattendealer zu einem anderen Kiff-Freak, der die sperrigen Dinge bei den Eltern untergestellt ließ, als er mit seinen Siebensachen und einem Half-around-the-world-Ticket das ewig triste Grauingrau Deutschlands verlassen hat und am und im Abenteuer verscholl und zerschmetterte. Und als die Jüngste dann das Zimmer vom Kiff-Freak ergattern wollte, räumten die Alten es fein leer. Sie behielten nur ein paar persönliche Gegenstände von ihrem Sohn, leere Portemonnaies und so etwas. Vielleicht haben sie ihn schon überlebt, ohne es zu wissen. Und der ganze Apfelsinenkistenrest seines schäbigen Zimmers steht eines Nachts als Sperrmüll auf der Straße und fällt in die Hände des Sperrmüllkönigs. Ist es nicht so?

Zurück in meinem Zimmer. Mit zittrigen Feuchtfingern fummel ich das Vinyl aus der Schutzhülle und lege die Nadel auf. Ha, dieser knistrige Geräuschhintergrund. Erst jetzt merke ich, wie er mir Jahre gefehlt hat. CDs hören ist wie Sex in der Klinik, denke ich und: so empfinde ich als Stadtmensch auch die Natur, merke erst, wie sehr sie mir fehlt, wenn ich in ihr stehe und tief durchatme. Dann beginnt auch schon der blubbernd-baßlastige Xylophon-Space-Sound und George Duke eunucht *Did a vehicle/ Come from somewhere out there/ Just to land in the Andes?* Mein Puls pulst. Es ist immer ein Zeichen von Erregung, wenn man merkt, daß einem der Puls pulst, denn normalerweise pulst der Puls unbemerkt. Ich sitze vor den Boxen und lausche bewegungslos. Keine Zeit vergeht, nur die Nadel dreht in schwarzen Rillen, dreht Sounds raus, posaunt auf Perlschnüren aufgezogenes Raunen aus, wringt in mir bekanntes Erstaunen aus. Schon ist die erste Seite durchgelaufen. Ich drehe die Platte um. Mag gar nicht daran denken, was jetzt kommen mag. Etwas sträubt sich, doch auf einmal fällt es mir wieder stechend in den Kopf. Das letzte Lied. *Sofa Nr. 2.* Zappas so geile sonore Stimme, wie sie groß und deutsch am Radebrechen ist. Da – jetzt – mag nicht mal mehr hinhören und da-da-da, kommt es mit der Vorhersehung einer nach innen ablaufenden Spiralendrehung über und in mich. *Ich bin der Drrrrrreck unter deinem Laufen/ Ich bin dein heimlicher smutz & ver-lore-nes-Me-tall-geld-Knack-lorenes-Me-tall-geld-Knack-lore-nes-Me-tall-geld-Knack-lorenes-Me-tall* – ich nehme die Nadel hoch. Es ist meine. Genau meine verlorene Zappa-Platte. Mit der Wucht von Potzblitz und Donner trifft mich das Zeichen.

Ein Zeichen. Mein Gott, Hartmut. Mein Gott. Wie wird sich mein Verhalten zu dir ändern? Sollte es sich überhaupt ändern? Wie aberwitzig die Dinge ineinander pendeln. Ich denke darüber. Ja, mit dem Wissen um den göttlichen Fingerzeig wird sich mein Verhalten ändern. Und mein verändertes Verhalten wird mein Wissen ändern. Werde trotzdem versuchen, mir nichts anmerken zu lassen. Und unbarmherzig dreht sich die Welt. Und wird sich einfach weiterdrehen. So wahr mir Hartmut helfe.
Sein Zeichen. Mein Zeichen. Unser Zeichen. Unsere Zeichen. Die Welt ist voll davon. Doch was macht man, wenn einem mitten im Zeichengewimmel ein Zeichen zufällt? Ein Zeichen allein ist nichts in diesem Zeichensalat. Allerdings beiße ich beim Malmen der Zeit auf mein Sandkornzeichen. Ich beiße darauf, damit es nicht als Seiendes im eigenen Dasein isoliert bleibt. Damit ich es als einen Impuls spüre, als einen Anstoß, dessen Druck mir meine Triebfeder spannt, damit ich anderen Impuls und Anstoß für deren Triebfeder

sein kann. Nur: Wer ist dann der allererste Impulsgeber? Wer der allererste Allesmacher? Und schon gibt's keinen Zufall mehr.

Die Auswertung dieser Erkenntnis hat Folgen: Wenn alles gemacht ist, dann ist aus der Vergangenheit heraus schon unsere Zukunft eingesponnen, und die Endlichkeit aller Umdrehungen ist ein vorausgeplantes Einspinnen in einen Todeskokon.

Ich versuche, das vermeintliche Jetzt aus der Vergangenheit heraus zu verstehen. Hartmut hat mir die Schreibmaschine geschenkt, auf der ich dies schreibe. Ich schreibe damit Hartmut als Bodensatz der Gesellschaft. Ich schreibe Hartmut als Spiegel der Wohlstandsgesellschaft. Ich schreibe Hartmut als Geist von großem Fintenreichtum, der mühelos durch Türen und Wände wandelt. Ich schreibe Hartmut als Mann und als Weib. Als etwas, das alle Potenzen in sich vereinigt. Und ich schreibe mich selbst. Und während ich dies schreibe, ist Sina in anderen Umständen: »Was schreibst du da eigentlich?« fragt sie. Hartmut gibt mir ein Zeichen, schreibe ich. Und Hartmut ist Gott, der Macher.

»Los jetzt, sag das dreimal schnell hintereinander: such a sweet schatz. Schnell!« Sina liebt es, wenn ich ihr Druck mit flotten Verbalkommandos mache. »Such a sweet Tschatz such a swiet Schatz schatz a schwiet Satz.« Es ist unmöglich und wir kugeln uns vor lachen, das heißt Sina kugelt sich nun schon etwas mehr als ich. »Hätte große Lust, nackt unter deine Bettdecke zu krabbeln.« »Erst noch einen Zungenbrecher.« »Okay. Sag dreimal schnell hintereinander: mein schweißiger Scheißsteiß. Los. Mach!« »Mein schweißiger Scheißsteiß mein schweißiger Scheißsteiß mein schweißiger

Scheißsteiß. Das ist zu einfach. Was Besseres.« »Puh. Okay. Kannst du übern s-pitzen S-tein s-tolpern? Dann sag mit s-pitzem s-t snellsnell: Couchs-taub. Couchs-taub Coutsch-taub Kauzttaubsch.« »Haha. Oder: Strippen statt drippeln.« »Strippen statt drippeln strippeln statt drippeln stippen tatt trippeln, scheiße. Mann.« »Also gut, ich zieh mich dann jetzt aus.«

Sage es und tue es. Ach, sie liegt eh schon nackt unter der Decke. Na, umso besser, umso gemütlicher, umso hautwärmer. Doch die Gackerlaune kann und will nicht reißen, also vorerst weiter im Text. »Weißt du, wen ich heute im Bus getroffen habe?« fragt Sina. »Weißt du, ich hab mich schon so oft im Leben geirrt, da vermag ich diese Frage nicht mit Sicherheit zu beantworten. Ich finde es im übrigen auch gut, nicht auf jede Frage eine adäquate Antwort zu haben. Ich steh zu diesem Wissensloch …« »Du bist vielleicht ein dummes Arschloch.« »Dumme Schlampampe.« »Jedenfalls habe ich meinen alten Kunstlehrer im Bus getroffen. Und wir haben uns sehr nett unterhalten.« »Was Ernstes?« »Neinnein, hör doch mal zu, du Arschloch –« »Zweimal Arschloch aus dem Mund einer werdenden Mutter. Das ist sittenwidrig.« »Nun laß mich doch mal erzählen. Er ist natürlich ein smarter Typ, er sah natürlich meinen Bauch und so weiter, da kamen wir sofort zum Thema Kinderkriegen, Familie, Beziehungen. Ich hab ihn dann gefragt, ob er liiert ist. Darauf meinte er, daß er die roten Pumps, die seine Exfrau ihm vor fünf Jahren hinterhergeworfen hat, einfach auf dem Wohnzimmerteppich liegengelassen hat. Er saugt drum rum. Und auf den Pumps liegt heute eine dicke Staubschicht. Das meinte er. Ist das nicht geil?« »Arme Sau. Klingt irgendwie nach Monoerotik.« »Er hat schon damals ein Herz für Fluxuskünstler gehabt.« »Auau. Diletanttismus und Größenwahn liegen oft dicht beieinander.« »So wie wir jetzt.« »Stimmt. Ist schon geil.« »Was denn nun? Die Geschichte mit den roten Pumps oder daß wir so dicht beieinander liegen?« »Du kannst fragen.«

Gott, überlege ich, und hacke es spätnachts in die Schreibmaschine, wird verehrt und gefürchtet, weil er das ist, was der Mensch gern sein möchte. Und obwohl Gott so hoch über allem ist, daß er mühelos in allem wieder transparent sein kann, schustert sich der Mensch seinen Gott als Person zurecht. Was verdeutlicht diese scheinbare Ähnlichkeit? Die absolute Abhängigkeit? Das vorfreudige Gefühl als Selbstperson ein schwacher Abglanz der Vollkommenheit zu sein? Doch wenn ein Hartmut Gott ist, dann ist der Mensch gar nicht in der Lage, in ihm die Vollkommenheit zu sehen. So unvollkommen ist der Mensch.

Draußen vor meinem Ladenzimmer keift eine Frau. Ich kenne ihre Stimme. Es ist die Schimpffrau. Sie steht auf Verkehrsinseln oder sonstwo und rohrspatzt wüst umher. Jetzt steht sie hier. »Scheißeficker-Mäuseficker-Katzenficker-Hundeficker-Männerficker-Frauenficker-Kinderficker …« betet sie ihre Litanei herunter. Ich springe von der Schreibmaschine auf und bewege mich flugs ans Schlafzimmerfenster, reiße es auf, und. Etwas weiter weg, irgendwo auf der anderen Straßenseite schreit ein Typ heftig den Refrain vom AC/DC-Song *TNT*. Eben akustisch geortet knallt es sehr laut. Dreimal.

Und ich sehe einen Mann mit Pistole den Bürgersteig gegenüber abfahren. Er tritt mit aller Wucht ins Pedal, hält dabei die Pistole hoch in die Luft, ein bißchen Western-Feeling kommt auf, dann drückt er noch mal ab. Knall vier. Und vorerst Stille.

Glotzende Gesichter aus den Fenstern der anderen Straßenseite. Warum schießt ein Irrsinniger viermal in die Luft? Vier, Zahl der Erde und Käfig des Menschen: vier Windrichtungen, vier Jahreszeiten, vier Elemente, vier Temperamente. Der Bikeboy ist wohl ganz Choleriker; gelbe Galle, Feuer und Neigung zu starken Effekten. Cholerischer Anfall: Ich will hier raus! Hat er das gedacht? Hat er. Doch er kann nicht raus, denn er ist selber einer von denen, die er verachtet. Einer von den sechs Milliarden Volltrotteln, die nichts anderes gelernt haben, als sich selbst zu verschlingen. Kannibalen allesamt, Kannibalisten, Karnevalisten. Höchste Not, das Seiende im höchsten Sein zu begreifen. Mal von oben sichten, mit welchem Sinn das Ganze aufgeladen ist.

Wenn ich Hartmut als Symbol eines göttlichen Urgrundes erkenne, dann wohl nur, um meinem Leben einen festgefügten Sinn zuzuerkennen. Doch hat das Sein erst mal einen fix gesetzten Zielpunkt, ist allen weiteren Unwägbarkeiten der Boden entzogen. Dann herrscht Nullantrieb für alle Menschen, dann rotten sie sich nur noch zusammen, um leer auszugehen. Vielleicht ist die Ausrottung des Homo sapiens inzwischen das gesteckte Ziel göttlicher Allmacht. Prüfung nicht bestanden, sozusagen. Klassenziel nicht erreicht. Sechs. Setzen. Doch Sinn ist so etwas Endgültiges, daß ich ihn nie anstrebe. Sinn ist wie Tod. Ich möchte Leben. Hier widerspreche ich mir. Macht nichts. Leben. Und Leben schenken.

Einen Text schreiben. Dem Leben eine Form geben. Sich dafür einen Kopf machen. Sich einen Kopf machen heißt kopflos sein. Der Kopf raucht, den ich mir mache. Der Kopf schwirrt. Dieser Kopf steht mir nicht nach etwas, ich will wissen, wie und wo mir der Kopf steht. Und dann will ich mir meinen Kopf aufsetzen, will ihn voll haben von krausen Gedanken, will ihn heiß denken, will die schwelenden Gedanken in den Text geben. Aus dem Kopf in den Text. Und dann will ich mir einen kühlen Kopf bewahren. Als Hülle, einen hohlen Kopf als Resonanzkörper für Entspannung. Das einfache Echo der Welt soll sich in ihm brechen. Und verhallen.

Umkehrgedanke: Vielleicht bin ich der Sperrmüllkönig. Lese sperrigen Lebensmüll auf. Gebe ihm Form und Ort. Legitimiere und durchdenke mich auf diese Weise. Ich bin der Sperrmüllkönig. Doch Hartmut ist der Sperrmüllgott. Der mir meine Beweggründe gibt, der reale Sinnstifter, die Öllache, an der ich mein Feuerchen entbrenne. Er ist so real, wie ich als Erzähler fiktiv bin. Ich bin vom Sperrmüllgott berufen, seinen Kreuzzug auf Textebene in der Welt zu führen. Dabei gibt es viele Gefallene, all die, deren ausgemergelte Körper am Wegrand des Textes liegenbleiben. Auf dem Müllhaufen der Realität. Und noch was: Denke ich anstatt meiner Leser? Entmündige ich sie damit? Entziehe ich ihnen ihre Denke, sauge sie ab und vernichte sie in meinem rauchenden Kopf? Neinnein, spreche ich als von Hartmut durchwurzelter Sperrmüllkönig zu ihnen. Ich vernichte sie nicht mehr als sie mich. Dies ist meine kleine Welt. Und ich möchte sie durchackern, will Gedanken säen, um mich an den Früchten zu laben. Jeder ist und bleibt eben sein eigener Sperrmüllkönig.

»Hartmut«, sage ich über die Balkonbrüstung, »du bist der Goldsucher von heute in den Städten von morgen. Du bist der richtige Mann am richtigen Ort. Was würdest du sagen, wenn ich deine Geschichte einmal aufschreibe?«»Häm. Nun könnt es aber auch bald Frühling werden. Immer dieses Schietwetter. Da wird man ja immer naß wird man ja immer dabei.«

Okay, verstehe, keine Chance. Also anders. »Hast du Lust auf ein paar Arko-Pralinen? Hab ich geschenkt bekommen, darf aber nicht alle essen wegen Diät und so.« »Ach ja, dann gib mal her.« Er hält mir seine langgliedrige Rechte entgegen. Ich lasse eine runde Champagnerpraline hineinrollen. »Gib man gleich nocheine.« Und plötzlich meint er: »Du, der John-Boy von den Waltons. Der hat auch immer alles aufgeschrieben. Mensch, das warn noch schöne Fernsehserien damals.« Ein weißes Trüffelherz purzelt aus der knisternden Transparenztüte. »Ja. Danke.«

Mit der Wohlstandsevangelistennummer brauch ich Gott gar nicht erst kommen. Genau genommen bin ich nichts anderes als ein Armseligkeitsevangelist, ein Schreibgehilfe, der im Dienst einer höheren Sache mit offnen Augenlidern durch eine Welt glubscht, die sich seiner bemächtigt und die von ihm buchstäblich wieder ausgeschieden wird, damit was bleibt, vom dem was stank und war. Und was für eine Blitzkarriere Hartmut in mir hingelegt hat. Ein Durchlaufen und Erhitzen, ein Aufsteigen vom Bodensatz zur Spitze, zu der er geworden ist, mit der er sticht. Mit der er im Nichts rumstochert. Wenn Hartmut Gott ist, überlege ich, muß er sterben. Dann muß er gehn.

Noch ein Umkehrgedanke: Gott, den Prüfenden zum Geprüften machen. Denn wer fein katzbucklig seine Opfer darreicht, darf auch mit göttlichen Gaben und Gnaden rechnen. Also mal den status quo abklopfen und fragen: Wie steht es mit Gottes Gaben? Da sind zuunterst materielle Dinge: Wie die Zappa-Platte. Okay. Darauf kommen geistige Güter: Wie dieser Text. Die Reflexion über Hartmut erlaubt mir, mir einen Kopf zu machen und ihn aufzusetzen, mich in meiner Welt zu positionieren. Okay. Das aber ist höchste Gnadengabe: göttliche Einsicht nehmen. Die Einladung zur Teilnahme an seiner Macht, seiner Unsterblichkeit. Einen Blick ins Jenseits werfen. Ich weiß, wie verrückt es klingt, aber das ist, was ich jetzt will. Und deshalb muß Hartmut sterben. Seiner Unsterblichkeit wegen. Vielleicht ergibt sich so der Funkenschlag, der meinem Leben einen höheren Sinn verleiht, ergibt sich ein allgemeines Prinzip, aus dem heraus die Welt samt Übeln und Leiden verständlich wird. Vielleicht findet das Rätsel meiner Seele dann eine Erklärung. Vielleicht lassen sich die Folgen der menschlichen Erbsünde damit abschütteln. Hartmut, der Fremderlöser, der in mir den Wunsch nach Eigenerlösung erweckt.

Ein wachsames Mädchen, Kathrin aus dem vierten Stock. Sie kennt sich aus im Haus, weiß ihre Hellhörigkeit umzusetzen, wenn sie sagt, daß derjenige, der im vierten Stock wohnt, mehr vom Haus mitbekommt, als derjenige, der im Erdgeschoß wohnt. Einfach dadurch, daß sie sich beim Weg zu und aus ihren vier Wänden länger im Treppenhaus aufhalten kann. Das Treppenhaus und immer wieder das Treppenhaus. Ich treffe sie vor Photo-Dose. Ich erzähle ihr, daß ich über Hartmut, den Geist, den Sperrmüllkönig, den Gott schreibe. Ich glaube, das gefällt ihr. Doch als ich sage, daß ich ihn in meiner Geschichte sterben lassen werde, hebt sie warnend die Hand. »Da würd ich vorsichtig mit sein«, sagt sie. »So wie Hartmut als lebendige Figur Einfluß auf die Geschichte nimmt, die du aufschreibst, kann sich die Geschichte auch auf Hartmut auswirken. So eine Art Rückkopplung. Denn wenn Hartmut eine mythische Figur ist, wie du sagst, dann sendet er nicht nur, nein, dann empfängt er auch. Gar nicht auszudenken, wenn er dann tatsächlich stirbt. Oder wenn du kurz danach selbst stirbst.« »Ja«, sage ich, »da magst du recht haben. Vielleicht sollte ich ihn nicht sterben lassen. Andrerseits äußern sich Gottesprüfungen ja immer darin, daß Gott erst nach der Prüfung seine Herkunft enthüllt. Er prüft mich, uns, alle Menschen und wenn wir Sterblichen diese Prüfung bestehen, steht uns ein Wunsch frei. Und mein Wunsch ist die Gegenprüfung seiner Unsterblichkeit. Wir müssen sterben. Warum sollte nicht auch Hartmut in meiner Geschichte sterben? Würde er dann tatsächlich sterben, wäre dies der Beweis seiner Unsterblichkeit, so sehe ich das.« Viele Hms von beiden Seiten.

Hartmuts Niedergang, überlege ich weiter, ist nicht mehr als ein göttlicher Gang nach unten. Dabei sind es nicht nur Exkremente, die die Verbindung zur Gosse sind, es können auch Monumente, Grabsteine sein, der aufgetürmte technische Wohlstandsmüll, in dem sich der menschliche Niedergang manifestiert.

Im allgemeinen dienen die Erdenwanderungen Gottes dazu, den Erweis des Abfalls der Menschen von Gott zu erbringen. Den Abfall der Menschen von Gott wieder aufgelesen zu bekommen, darin liegt Hartmuts Größe. Deswegen ist Hartmut auf der Höhe, wo ihm niemand etwas anhaben kann. Auch ich nicht mit meiner Geschichte.

Hartmuts Niedergang hat mit dem Niedergang sterblicher Menschen nichts gemein. Dem Menschen bleibt nur die Hoffnung. Über das Unglück zu leben. Irgendwann dem Irrsinn davonzuschweben. Wenn sich neue Fluchten ergeben.

Dann braucht man nicht mehr am Boden zu kleben. Braucht sich nicht mehr mit Reben umgeben. Dann kann man sich erheben. Und gehn.

Endlich. Die ersten Sonnenstrahlen. Die wärmen. Eigentlich laß ich mich nicht gern blenden, bin chronischer Sonnenbrillenträger, doch die ersten Frühlingsstrahlen dürfen gern auf die Netzhaut durchschlagen. Wie man dann in tiefgesunkener Liebe zur Gleißenden durch die Straßen taumelt. Faszination des Geblendetseins. Und schon singen auch wieder die Drosseln. Ist das nicht vielmehr Sommerfeeling als Strand und Badeanstalt, wenn Drosseln im Abendlicht auf Dachekken hocken? Ihr Gesang besteht aus mehreren Strophen. Jede Strophe wird zwei- bis dreimal wiederholt. Frische, kecke Art. Flötende Töne. Gut nachpfeifbar. Oft aber sehr hohe, schlechte Strophen eingestreut. Lockruf: Zip. So ist das mit dem Gesang der Drossel. Ihre Nähe zu Menschen ist ein Novum, wohl als Kompliment gemeint. Dafür liebe ich euch, denke ich. Was ich kann, gebe ich zurück, ganz klar.
Im Hinterhofgarten schießen Krokusse aus dem Moos, violette, gelbe, weiße. Und die Heckenrose am Eingang zur Rasenhälfte treibt ihre ersten Blätter aus. Auch sie geben sich ganz der Sonne hin, lassen sich von ihr durchscheinen, durchleuchten. Die Photosynthese hat nichts zu verbergen, ist in dieser Stadt noch kein schmutziges Geschäft.

Ich sitze auf einem Drehhocker. Vor mir liegt Sina auf der Untersuchungsliege. Der Arzt prüft die Auswertung des CTGs, die Herztöne des Kindes schlagen überdeutlich und schnell durch den Raum. So, als ob sie was wollen. Der Arzt drückt mit einem obszönen Geräusch Gel aus einer Gelflasche und verteilt es am Schallkopf des Ultraschallgerätes. Dann setzt er ihn auf Sinas Unterbauch und fährt darauf entlang. »Diese Schmerzen im Beckenboden, der Schambeindruck.« »Alles ganz normal«, sagt der Arzt. Wir blicken auf den Monitor. Der Kopf des Kindes ist gut zu sehen, er senkt sich bereits, die Lage stimmt. Langsam bewegt sich eine kurzgliedrig transparente Hand ins Bild. Man sieht das Herz schlagen und hört es lauter als sein eigenes durch den Raum toben. Es wird nun nicht mehr lange dauern. Nächste Woche ist Termin.

Ist ja allein schon verrückt, sich die Dimension einer Schwangerschaft vorzustellen. Mal ganz abstrakt. Was das bedeutet, die Mischung der Gene. Hartmut fiel nichts anderes ein, als er Sina hochschwanger vor dem Haus trifft, als »Gibt's Ostern 'n lütten Hartmut?« Und dann lacht er. Nichts da, denke ich. Es gibt keinen lütten Hartmut. Was es gibt, ist die Verzahnung meines genetischen Programms mit dem meiner Geliebten. Was da wohl rauskommt. Und wie das wohl aussieht. Unterm Strich steht immer die Neugier. Mit laufendem Motor, bereit, jederzeit abzufahren und wieder weit weg zu sein. Woanders.

Früher Sonntagmorgen im Frühling. Sina und ich sitzen in der Küche und frühstücken. Wir stehen nun oft sehr früh auf, da Hochschwangersein und Gutschlafen sich nicht sonderlich mögen. Doch es gibt Schlimmeres, als die frühe Wachheit aus und ein zu nutzen. Man sieht ganz andere Dinge.
Einmal laufe ich ohne Richtung um halb sieben durch meine Lieblingsstraße wie durch eine fremde Welt. Den Geschäften fehlt noch die Öffnung, dem Schaufensterbummel die Muße. Berufstätige Mütter füllen das Straßenbild, indem sie Kinder

an der Hand auf Gehwege führen. Unfreiwillige, etwas zu schnelle Trippelschritte. Klar, denke ich, Kinder zum Kindergarten bringen. Arbeitsbienenpotential freisetzen. Ich stehe außerhalb der allgemeinen Zielstrebigkeit, bewege mich nicht in ihr, will mich treiben lassen, kann es aber nicht in diesem begradigten Flußbett, in dem der Strom mitreißt. Rücksichtslos. Doch heute ist Sonntag, und Sonntag hat nun wirklich nichts Mitreißendes, denke ich. Zu frühes Frühstücken macht schweigsam. Ich mag denken bei einem Schluck Pfefferminztee, doch reden mag ich nicht.

Zwischen den Blumenkästen am Balkon bewegt sich etwas, steckt ein Gesicht im Zwischenraum, Hartmut. Ich hebe zum Gruß schlapp die Rechte, doch er taucht wieder ab, schwirrt übern Hof. Ich erhebe mich immer mal wieder kurz, um ihn zu peilen. Aha, die Kabeltrommel wird ausgerollt und bis an den Marmorcouchtisch geführt. Dann rumpelt es im Treppenhaus, Hartmut, der Schmächtige, schleppt einen bombastischen Fernseher und stellt ihn längs auf den Tisch. Dann verschwindet er einige Minuten. Wieder kommt er mit einer Werkzeugtasche. »Irgendwas brütet er da aus«, sage ich zu Sina. »Na, da können wir uns ja zusammentun.« »Hm. Bin aus mir nicht erklärlichen Gründen dagegen.« »Ehrlich gesagt, ich auch.«

Hartmut geht auf den Rasen, klappt dem Fernseher die Boxenohren ab und schaltet ihn ein. Irgendwer beginnt laut zu reden. Viel zu laut. Hartmut setzt sich auf die andere Seite des Tisches, nimmt einen Kreuzschlitzschraubenzieher und dreht der Glotze die Plastikrückfront ab. Warum läßt er den Ton so laut laufen? Ich gehe auf den Balkon und rufe: »Warum so laut, Hartmut, warum so laut?« Plötzlich kommt eine lang aufgestaute Spannung auf und hoch, ein

Surren, ein Knallen und eine Verpuffung fallen heftig ineinander, hat da nicht auch was geblitzt?

Hartmuts Hand steckt in den elektrischen Gedärmen des Fernsehers, der Arm zittert, der schlaksige Körper verharrt in der aberwitzigsten aller Verdrehungen und starrt. Starrt mich. Ich starre ihn. Kein Hin und Her mehr, ein ineinander Hand in Hand eher. Starren wir uns. Und verharren die kostbarsten Sekunden. Verrinnen in Verbundenheit. Lauter bisher unsichtbare Stare fliegen mit einem Schlag vom vermoosten Rasen auf. Die salbungsvolle Stimme schmettert und hallt an den Wänden der Höfe. »Erweise uns deine Geduld und dein Erbarmen«, sagt der Papst. »Oft haben Christen das Evangelium verleugnet und der Logik der Gewalt nachgegeben«, sagt der Papst. »Verzeih uns und gewähre uns die Gnade, die Wunden zu heilen«, sagt der Papst. »Gott unser Vater, du hörst stets auf den Schrei der Armen«, sagt der Papst. »Vergib uns unsere Schuld«, sagt der Papst. »Wir rufen inständig dein Erbarmen an und bitten dich um ein reumütiges Herz«, sagt der Papst. »Nimm unseren Vorsatz an, der Wahrheit in der Milde der Liebe zu dienen und uns dabei bewußt zu bleiben, daß sich die Wahrheit nur mit der Kraft der Wahrheit durchsetzt«, sagt der Papst. »Wie oft haben dich auch die Christen nicht wiedererkannt in den Hungernden, Dürstenden, Nackten«, sagt der Papst. »Für all jene, die Unrecht getan haben, indem sie auf Reichtum und Macht setzten und mit Verachtung die Kleinen straften, die dir so am Herzen liegen, bitten wir um Vergebung«, sagt der Papst. »Nie wieder«, sagt der Papst. Und immer wieder: »Nie wieder«, sagt der Papst.

Weil ich hier stehe und starre und horche bin ich. Ich bin nicht, weil ich für eine Stromunterbrechung sorge. Ich bin nicht, weil ich sofort eine Ruhelage herstelle. Ich bin nicht für die Versorgung des Betroffenen. Ich bin nicht für eine Atemspende, für eine Herz-Lungen-Wiederbelebung, für eine stabile Seitenlage, ich bin nicht für die keimfreie Bedeckung der Strommarken, der Brandwunden, die beim Durchströmen des Körpers an den Stromeintritts- und -austrittsstellen entstehen. Ich bin nicht für den Notruf. Andere sind dafür. Andere lehnen sich weiter aus dem Fenster und sind dafür. Ich höre ein Martinshorn die Ferne überbrücken. Ich höre keinen Papst nicht. Ich höre kein Geschrei nicht. Ich sehe keine Sanitäter nicht. Ich sehe keine Wiege nicht. Ich sehe keine Bahre nicht. Ich weiß keine Stromunterbrechung nicht.

»Bist du wahnsinnig, echte Namen zu benutzen?« sagt Grimm. Es ist die erste laue Frühlingsnacht und wir eröffnen die Parksaison. »Ich mein, du kannst doch nicht den Namen Hartmut Hellmann in einen Text setzen, der um Hartmut Hellmann kreist.« »Wieso nicht?« frage ich. »Weil Hartmut Hellmann keine öffentliche Person ist und damit ein Recht auf Schutz hat, was heißt, daß du kein Recht auf seinen Namen hast. Wie ist denn das mit den anderen Namen, die du benutzt. Hast du die auch eins zu eins übernommen?« »Denke schon.« »Sina?« »Ja, Sina nenn ich in meinem Text einfach Sina. Ich sag auch ich zu mir, wenn ich mich in meinem Text mit ich meine.« »Haha.« Hab schon ganz vergessen, wie handgewärmtes Dosenbier schmeckt.
»Aber stimmt. Mit Sinas Namen war's so 'ne Sache. Wollte sie erst Nina nennen, weil ich dachte: besser ist. Nur, da hat Sina ihr Veto eingelegt. Sagte mir, ich kenne doch eine Nina und meinte, ich mag doch diese eine Nina, die ich kenne, ein bißchen mehr, zuviel vielleicht, nee, fände sie nicht so gut und

so weiter. Und dann hab ich aus Nina wieder Sina gemacht und mir für alle anderen Namen die Arbeit gleich gespart. Reale Namen für alle. Reale Namen für reale Texte.« »Du bist doch echt 'n Penner. Klar kannst du dir reale Namen suchen. Nur weit weg müssen sie sein. Weißt doch, Arno Schmidt hat mal gesagt, die geilsten Namen für einen Text tragen die, die mit dem Autor die Schulbank der ersten Klasse gedrückt haben. Stimmt immer, denk mal drüber nach.« »Stimmt. Sven Plaumann. Stefan Duggen. Focke Cornelius Fokken. Sind schon geile Namen. Willi Will. Jörg Weichbrodt. Melanie Köpke. Um die hab ich in der zweiten Klasse mit Jörg Weichbrodt gekämpft, wer von uns ihr Freund sein durfte. Sie mochte uns beide. Und so haben wir um sie gekämpft. Und ich hab verloren. So hat er mir meine erste Freundin ausgespannt, noch bevor ich sie überhaupt hatte. Krank eigentlich.« »Warst eben schon immer ein blöder Penner. Aber noch mal zu Hartmut. Er, der Namensbesitzer, kann klagen, kann Klage erheben gegen die Verletzung seines Persönlichkeitsrechtes. Wegen Verleumdung. Verunglimpfung. Übler Nachrede. Er, der Namensbesitzer, kann klagen auf Einstampfung deines Buches.« »Aber ich verunglimpfe ihn doch gar nicht. Ich lasse ihn doch sehr gut bei der ganzen Sache wegkommen.« »Das ist scheißegal. Vielleicht sieht er die Sache eben anders. Vor allem falls das Buch ein Erfolg wird. Denn dann gibt's Geld. Und bei Geld sehen viele auf einmal vieles anders.« »Hartmut wird aber nicht klagen. Er kann noch nicht mal lesen.« »Das muß ja auch gar nicht Hartmut sein, der dich verklagt. Jeder X-Beliebige kann klagen. Das ist die Gefahr. Abgesehen von den moralischen Bedenken, die ich habe.« »Nämlich.« »Das Sozialamt könnte auf ihn aufmerksam werden und alles prüfen. Man könnte hinter seine

Einnahmequellen kommen und ihm die Sozi streichen. Oder der Hausbesitzer kann Hartmut aus dem Haus schmeißen, weil es zu gefährlich ist, so jemanden im Haus zu haben. Überhaupt ist es verrückt, ein ganzes Haus auszuspionieren, noch dazu das Haus, in dem man wohnt. Sein eigenes Haus.«
»Allesaufschreiber sein heißt eben manchmal Nestbeschmutzer sein.«

Gott also auf Erdenbesuch. Wandelt unerkannt unter den Menschen. Und er wartet. Und erwartet Entgegenkommen. Daß der Mensch nicht in Boden- und Sittenlosigkeit versumpfe.
Wohl kein Zuckerschlecken, als Weltenschöpfer wieder auf Erden zu sein. Ein Heiliger in einem Saustall zu sein. Gott weiß das, schied nicht zuletzt wegen der Verderbnis der Menschen von ihnen, spricht nur noch durch die Blume der Hartmutfratze mit seinen außer Rand und Band geratenen Kreaturen. Und Gott nimmt die Verdammnis der Menschen abermals für wahr, ihre Hartherzigkeit, ihre völlige Verworrenheit, ihr labbrig-labiles Dasein.
Letztlich kommt sein Besuch einer Prüfung gleich, Gott der Allmächtige, Gott der himmlische Vorstandsvorsitzende, Gott das einzige Mitglied des Menschen-Überwachungs-Vereins. Geprüft wird auf Hilfsbereitschaft und Gastfreundschaft. Und was passiert dann weiter mit den Menschen? frage ich. Ist Gott der Liebende, der mit warmer Schutzengelhand in die irdischen Geschicke eingreift? Oder erlebt ein strafender Gott die Welt wieder mal als Dreckloch. Und läßt die Menschen im Dunkeln hocken, in ewiger Verdammnis?
Diesmal kommt Gott als Hartmut der Sperrmüllkönig, als jemand, der sich die Maskerade eines Verlorenen aufgesetzt

hat. Als jemand, der seinen Verlust durchs Finden wiederzu-
finden sucht. Der beim Finden von Wertlosem sich der Wert-
losigkeit als Wert bewußt wird. Wie schnell sich das Göttliche im Menschen findet, denke ich, wenn der Mensch den
Menschen als Menschen erkennt.

Zudem hat sich Gott für seinen Besuch mit mönchischen Tu-
genden ausstaffiert. Hartmut, ein armer, keuscher und sich
selbst gehorsamer Mann. So einfach gibt sich Gott der Herr.
So schlicht, so gut. So barmherzig wühlt er in den Mülltonnen auf dem Hof nach etwas Brot für die Raben. Was für ein
Bild in diesem Zusammenhang.

Brot für die Todesboten. Hartmut als Schnittpunkt der vita-
len Möbiusschlaufe, den Lebenden als Brotnehmer, den Todesboten als Brotgeber. Wer von seinem Brot ißt, wird leben
in Ewigkeit. »Amen«, krächzen die Raben und schlucken gierig die vorgeworfenen Brocken.

Wenn Gott die Erde verläßt, will er seine Existenz nicht länger verbergen. Er öffnet sich mit einem Zeichen. Die Zappa-
Platte war Hartmuts Zeichen für mich. Bin ich zufällig auser-
sehen, Chronist zu sein? Zu künden vom Sperrmüllkönig?
Und wenn es so ist: warum ich? Meine Opferbereitschaft ist
nicht größer oder kleiner als die anderer Menschen. Und sie
kostet mich die Drangabe meiner kleinen, reflexionslosen,
eben darum glücklichen Existenz.

Wenn ein Gott die Erde verläßt, dann gleicht sein Gang dem
einer Sternschnuppe oder dem eines Vogelfluges. Oder bei-
dem, wie ich jetzt denke, denn mir fällt ein, daß in dem Moment, als Hartmut starb, Stare aus dem Moos aufstiegen.
Was tue ich? Klar, Zeugnis will ich ablegen über sein Erschei-
nen, denke ich. Über mich. Meine Welt. Doch was bin ich?
Ein Wicht. Ein Nichts.

Jeden Tag nun dackeln Sina und ich zur Entbindungsstation, die, wie ich überlege, genauso eine Verbindungsstation ist. Dackeln ist das richtige Wort. Sina ist den zwölften Tag über den Termin. Wie jeden Morgen wird sie für zwei Stunden an das CTG angeschlossen. Summa summarum: Herztöne okay, Wehentätigkeit Fehlanzeige. Dann heißt es: Kommen Sie bis auf weiteres oder kommen Sie morgen wieder. Und da heute morgen ist, sind wir wieder da. Der Arzt, der Sina untersucht, stellt fest, daß der Muttermund noch keinen Deut geöffnet ist. Er hebt warnend die Hand: das Fruchtwasser, wenn das Fruchtwasser kippt, Zauberwort: kann gefährlich für das Kind sein. Und dann steht man da als potentielle Eltern und sagt: ja und amen und machensiemal. Und er macht. Die Geburt muß eingeleitet werden. Das heißt, Sina wird ein Einlauf gemacht. Die Schwester, die Einlauf und Geburt betreut, stellt sich als Schwester Ute vor. Sie gibt etwas schäumenden Entspannungszusatz ins wuchtig einlaufende Badewasser und verabschiedet sich fürs erste.

Dann liegt Sina in der großen Badewanne, nur ihr Kopf und etwas vom Bauch schauen aus dem Schaum. »Kommt mir vor, als wär das, was jetzt passiert, alles nicht echt«, sagt sie mit geschlossenen Augen. »Etwas barsch und harsch, die gute Ute«, flüstere ich. »Och, ich glaub, die ist ganz nett. Man neigt dazu, Hebammen zu unterschätzen.« »Hm. Und wie fühlst du dich so?« »Gut. Bin ich auf Schönheitskur oder soll ich gleich ein Kind gebären?« »Keine Ahnung. Sag du.« »Vielleicht bleiben wir besser beim Kind. Sonst wär ja der Schwangerschaftstörn für nix.« »Wär ja schade.« »Stimmt, find ich auch.«

Denke daran, daß wir gestern wohlweißlich eine Familienpizza ins Haus geordert haben, die so groß war, daß wir sie nur eben über die Hälfte weggegessen bekommen haben. »Ein Stück Familenpizza ist jedenfalls fürs Kind schon da«, sage ich.

Es ist ein sonniger Tag im Mai. Sina legt sich einen Bademantel an, und Schwester Ute führt uns den Gang mit den Kreißsälen entlang. »Sind noch alle leer. Sie können sich den Schönsten aussuchen.« Wir wählen den Geräumigsten. Rosa Wände und, was viel entscheidender ist, gelbe Vorhänge, durch die das Licht warm ins Zimmer flutet. Sina legt sich ins Bett, Schwester Ute rollt die CTG-Anlage heran und legt den Gürtel mit den Meßknöpfen an Sinas Bauch. Dann legt sie eine Braunüle in Sinas Handrücken. Daran schließt sie den Wehentropf an.

»So«, meint sie, »jetzt können die Wehen kommen.« Doch weder die Wehen kommen, noch beginnt sich der Muttermund zu öffnen. Ein eigens dafür produziertes Gel soll den natürlichen Vorgang beschleunigen. So sind wir denn einige Stunden beieinander, halten Händchen und haben Angst vor dem, was auf uns in den nächsten Stunden zukommt. Sina spürt das erste heftige Ziehen. »Wie es jetzt aussieht«, sagt Schwester Ute, »wird es noch dauern. Nur Geduld. Denken Sie an etwas Schönes.«

»Das paßt schon«, sagt mir Schwester Ute, denn ich kann jetzt kaum noch an schöne Dinge denken. Ich habe noch etwas zu erledigen, etwas zu einem Abschluß zu bringen.

Ende letzter Woche standen die beiden Frauen von der Heilsarmee Sozialamt erneut vor meiner Tür. »Entschuldigen Sie nochmals die Störung«, sagte die Gräuliche der beiden Damen. »Sie kannten doch den Herrn Hellmann, nicht wahr.« »Ja«, sagte ich. »Wir wollten Ihnen nur den Termin seiner Be-

erdigung mitteilen. Es wird kein Armenbegräbnis werden.«
»So?« fragte ich. »Wir verwalten nämlich ein Konto auf den
Namen von Herrn Hellmann, das im Falle seines Ablebens
ihm und seinen Nahestehenden eine würdige Beerdigung ermöglicht«, sagte die weniger Gräuliche. »Am nächsten Mon-
tag um zwölf Uhr in der Kapelle beim Nordfriedhof.« »Na
denn«, sagte ich und schloß die Tür.

Die Formulierung *ihm und seinen Nahestehenden eine würdige Beerdigung ermöglichen* echote in meinem Kopf. Die
würdige Beerdigung für die Nahestehenden war wohl nicht
unmittelbar und direkt gemeint, hoffte ich.

Natürlich ist die Beerdigung heute. Natürlich ist der Termin
jetzt. Also renne ich nach Hause, ziehe mir schwarze Sachen
an und radle mit heftigem Tritt gen Friedhofskapelle. Ich bin
spät dran. Als ich in die Kapelle eintrete, betritt der Pastor gerade den Altarraum. Ein weißer Sarg steht vor ihm. Darauf
Blumenschmuck. Nelken, weiß. Lilien, weiß. Hinterm Sarg
an der Wand prangt in goldenen Lettern DURCH NACHT
ZUM LICHT. Doch wo sind die ihm Nahestehenden? Die
Kirchenbänke sind luftumweht und leicht, schlicht leer, doch
halt. Vorn in der ersten Reihe sehe ich die Damen von der
Heilsarmee Sozialamt. Sie drehen mir ihr Antlitz zu und lächeln mich milde an. Synchron schlagen verständnisvoll ihre
Lider zu und wieder auf, verstehe, hier bin ich richtig, das ist
jetzt mein Ort.

Ich setzte mich auf eine der hinteren Bänke. Der Pastor
spricht. Von der Einsamkeit so mancher Herzen. Von denen,
die ohne Verbindung zur Vergangenheit nur in der Gegen-
wart zu leben suchen. Von denen, die ein Leben jenseits all-
gemeiner Vorstellungskraft führen. Von den Außenseitern
der Gesellschaft, denen die Gemeinschaft immer Schutzman-

tel zu sein hat. Von denen, die das Leben eben nehmen, wie das Leben eben ist. Also spricht er von den Genügsamen. Von den Schäfchen. So in etwa bekommt er die Kurve. Dann erheben wir uns von den Holzbänken, murmeln das Vaterunser, das der hohle Hall verschluckt und ein für allemal nicht mehr ausscheiden will. Schließlich hebt der Pastor segnend die Hände und spricht über dem eingesargten Hartmut die Worte: »Gehe hin in Frieden.« Spricht es und gestikuliert in würdiger Langsamkeit ein Kreuz in die Luft.

Ich sehe ungeduldig auf die Uhr. Die Orgel setzt ein. Befiehl du deine Wege, spielt sie. Das staatliche Leichenwesen sieht in diesem Land für die Erdbestattung noch die Beisetzung des Leichnams vor, doch ich bin nun ungeduldig geworden, erspare mir das Aschezuasche, Staubzustaub, schüttel kurz dem Pastor und den Damen von der Heilsarmee Sozialamt die Hand, entschuldige mich mit meiner absonderlichen Jetztzeitsituation, trete ins netzhautzerstörende Sonnenlicht und in die Pedale, um an den Ort zu kommen, an den ich nun gehöre.

Auf dem Weg ins Krankenhaus. Der Weg zur Entbindungsstation. Die Menschen auf diesem Weg, von der Friedhofskapelle zur Entbindungsstation, ich sehe sie an. Verwundert sehe ich sie an, wie sie im Sonnenlicht ihren Tätigkeiten nachgehen, an roten Ampeln stehenbleiben, Zigaretten aus dem Automaten ziehen oder ihr Kind an die Hand nehmen. Vox nihili, die Stimme des Nichts spricht zu mir: Jeder weiß was, keiner sagt was, sagt sie, denn sie hat sich als Nichts bereits mit Keiner verbündet. Ich denke über den Weg nach, den ich gerade zurücklege. Ich schreibe immer nur über das, denke ich, was ich von Hartmut weiß. Doch ich weiß fast nichts von Hartmut. Umkehrgedanke: Das, was ich nicht von Hartmut weiß, ist viel interessanter und aufschreibenswerter. Allein weil es die Wahrheit ist. Doch an die Wahrheit kommt man nicht von außen ran. Und am Ende meiner Erkenntnis ist der Mensch gleich Müll. Etwas fault, etwas gärt, etwas ist überflüssig, überschüssig, vergessen und verjährt. Etwas passiert. Und etwas passiert nicht. Und auch wenn es nicht passiert, passiert es: Müll entsteht immer. Dafür gibt es Beweise und Mülltonnen.

Doch es kann auch passieren, daß ein sehr großer Müll entsteht, denke ich, ein Sperrmüll, der in keine Mülltonne paßt, weil Sperrmüll sehr sperrig ist und unhandlich und die nächste Mülldeponie weit weg, so weit, daß man gar nicht wissen möchte, wo sie eigentlich ist. Kein Sperrmüllkönig interessiert sich sonderlich für Mülldeponien. Der Sperrmüllkönig interessiert sich bloß für Sperrmüll. Wenn niemand weiß, wem der Sperrmüll gehört, dann gehört der Sperrmüll niemandem, dann ist er, was er immer ist: ein gefundenes Fressen und viel Arbeit für die, die alles wegmachen müssen. Für die Scheißhausputzer der Gesellschaft.

Der Mensch lebt auf Erden wie die Made im Leichnam. Ob nun ein Haufen Menschen oder ein Haufen Sperrmüll entsorgt wird, ist letztlich einerlei. Wenn man vieleviele Menschen von oben auf einem Haufen sieht, denke ich, sich etwa das Woodstock-Festival aus dem Hubschrauber betrachtet, dann sieht ihre Ansammlung in der Tat aus wie eine Mülldeponie. Da landen alle einmal. Und da lohnt es nicht zu suchen. Da, wo alle alles sind, lohnt es nicht zu suchen. Der Sperrmüllkönig weiß das. Der Mensch ist nicht mehr als ein Körnchen, dessen Hülle in der großen Müllmühle zu Staub zermahlen wird, denke ich.

Ich schreibe über das bißchen, das ich über Hartmut zu wissen glaube, denke ich. Das bißchen, das ich über mich zu wissen glaube. Was weiß ich. Was maße ich mir an. Was reim ich mir eigentlich für ein Bild zusammen. Von Hartmut, Sina, mir, dem Kind. Entbindungsstation. Nah der Sprachlosigkeit. Da bin ich. Und steige vom Rad ab. Nun dreht sich kein Rad mehr, kein Fahrraddrad, keine Speiche. Nun ist alles nur noch linearer Gang, der abgeschritten werden will. Da bin ich.

Als ich die Kreißsaaltür kurz beklopfe und eintrete, dreht sich Sina gerade verkrampft weg. Sie krümmt sich, wimmert, nimmt meine Hand, klammert sie, drückt sie ganz fest, so als könnten meine Hände Schmerzweiterleiter sein. Unsere Gesichter sind eng aneinander, wollen und brauchen die Nähe. Wehen sind, so sagt es kaltschnäuzig ein Lexikon, Kräfte, die zur Ausstoßung der Leibesfrucht führen. Sie kommen alle paar Minuten aus dem Hinterhalt, führen einen Blitzangriff zur Vermehrung des Schmerzempfindens und verschanzen sich wieder.
Schwester Ute hat Sina bereits vom Wehentropf genommen. »Gut, daß du da bist«, keucht Sina. »Ist ganz schön Scheiße, so 'ne Wehe. Laß uns mal ein bißchen im Zimmer rumlaufen.« In einer solchen Situation Mann zu sein, ermöglicht neue Perspektiven. Als Verschulder einer Ohnmachtssituation bleibt nur der Blick nach oben. In die naturgegebene Feigheit, die ein Glück sein kann, nämlich selbst von körperlichen Schmerzen verschont zu bleiben, mischt sich steile Achtung für die, die dabei ist, sie auszuhalten. Doch es ist auch nicht einfach, das Mädchen, das man liebt, leiden zu sehen.

Der Schmerz zeichnet immer neue Gesichter, immer neue Laute. In mir steigt das Gefühl, unter einer irrealen Dunstglocke zu atmen. Die Alltagsgeräusche, die von außen durch das geöffnete Fenster und den Store dringen, sind weit weg, so weit, als schließe man an einem bösen Strand die Augen.

Ich gehe mit Sina im Zimmer hin und her. Sie atmet dabei heftig ein, macht ihren Schmerzen durch lang ausgeatmetes Stöhnen Luft. Wir gehen zur Fensterbank. »Aaaaah. Aaaaah«, macht Sina. Und »Puuuuh. Aaaaah. Ooooh.« Und direkt nach dem Ooooh zeigt sie unvermittelt auf den Ellenbogen des Pullovers auf der Fensterbank und meint mit klarer, fester Stimme: »Guck mal, ein Loch, das müßte gestopft werden.«

In den nächsten Stunden versucht Schwester Ute, die immer unerträglicher werdenden Wehen mit Peitsche und Zuckerbrot zu zähmen. Nachdem das Umherwandeln seine wohltuende Wirkung eingebüßt hat, kommt Sina erneut an den Wehentropf. Schwester Ute gibt Minikügelchen, die jedoch keinerlei schmerzstillende Kraft entfalten. Dann setzt sie Sina zwei Akupunkturnadeln mit Kupferspiralkopf in die Innenseite der Waden, gibt mir Feuerzeug und Wecker in die Hand und sagt: »Die Nadelköpfe alle zwei Minuten für zehn Sekunden mit dem Feuerzeug erwärmen.« Wir staunen nicht schlecht. Ich führe aus, was mir angetragen, doch der Schmerz macht keine Anstalt zu weichen. Er bleibt massig und zentral. Ab und an kommt die Hebamme und stellt fest, daß sich der Muttermund immer noch nicht öffnen will. Nach vier Stunden körpereigenem Martyrium lassen Kräfte und Wille nach. Sina bekommt Streicheleinheiten von Schwester Ute und eine Rückenmarksanästhesie verordnet.

Die Tür geht auf und vier grünbekittelte Narkotiker verbreiten technische Hektik. Gerätschaften werden hereingerollt. »Gehen Sie doch am besten mal eine Stunde spazieren«, sagt mir der Oberkittel. Ich gehe.

Stehe vor dem Krankenhaus auf einer Kreuzung, bewege mich nicht mehr unter der Dunstglocke. Ich spüre die vollgesogene Vorsommerluft und wie gut sie tut. Und ich spüre die Welt um mich als eigenständig. Niemand hat auf mich gewartet, alles läuft in den gut geschmierten Bahnen des Laufens einfach weiter. So als ob nichts wäre, beziehungsweise es egal ist, ob ich jetzt hier oder ganz woanders oder gar nicht bin. Ein angenehmes Gefühl, denke ich, ein Gefühl, auf das immer Verlaß ist. Es ist sowohl die schlimmste als auch die schönste Vorstellung, daß am Morgen nach dem eigenen Tod alles einfach weiterrauscht. Durch den Berufsverkehr wie jeden Morgen.

Ein lauer Frühlingsabend beginnt. Ich stehe auf der Kreuzung vor dem Krankenhaus. Wohin gehe ich? Ich habe noch nichts gegessen. Ich gehe zum Türken an der Ecke und kaufe mir erstmal eine Dose richtige Cola mit Zucker. Dann schlendere ich ziellos die angrenzenden Straßenzüge entlang. Hocke plötzlich im Zoohandel vor dem Käfig mit den Meerschweinchen. Die ewige Frage: Glatthaar- oder Rosettenmeerschweinchen. Keine Ahnung, denke ich, Hauptsache gesund. Jäh bin ich mit den Gedanken wieder bei Sina. Doch weil ich noch eine halbe Stunde Zeit habe, gehe ich in den Tankstellensupermarkt nebenan, kaufe mir zwei Bifi-Rolls, einen Schokoriegel und eine weitere Dose Cola. Setze mich draußen auf einen Stromkasten ins wärmende Licht und zwänge mir das Essen rein. Irgendwie gelingt es mir, an nichts zu denken, so lange, bis ich denke, daß ich nicht ewig an nichts denken kann, nur ein paar Minuten. Wie spät ist es?

Als ich die Kreißsaaltür wieder öffne, lächelt Sina mir entgegen und zeigt auf den Wehenschreiber. Der wiederum zeigt heftige Ausschläge. Trotzdem lächelt sie. Schmerzfrei ist so ein schönes Wort. Schwester Ute sagt, der Muttermund öffne sich, der Blasensprung sei schon geschehen, die Austreibungsphase beginne nun bald. Ich setze mich mit Ausrichtung auf Sinas Gesicht ans Kopfende des Bettes. »Alles okay?« frage ich. Sie nickt. So sitzen wir und halten uns und alle um uns aus. Keine Ahnung, wie lange. Vielleicht zwei, drei halbe Stunden. Der Wehenschreiber schlägt immer stärker an. Die Narkotiker kommen erneut und lösen die Rückenmarksanästhesie. Schmerzen trotzen wieder auf und das ist gut, denn das ist das Zeichen für Gefühl, Bewußtsein, für die entscheidende Phase.

Der diensthabende Arzt tritt ans Bett und spricht. »So. Nun können Sie endlich selbst etwas dafür tun, daß Sie Ihr Kind bald in den Armen haben.« Doch keine reale Vorstellung will sich über das Kind zu diesem Zeitpunkt einstellen.

Schwester Ute läuft zur Höchstform auf. Ihre Stimmbänder schwingen glatt zwei Oktaven nach oben, als sie zum Pressen auffordert:»Pressen-pressen-pressen-so-ist-gut-ja-weiter-weiter-weiter-so-ist-gut-ja-weiter-weiter-nochweiter-nochweiter-nochweiter-uuuund:-luftholen.« Beim Wort Lufthoholen holt sie selbst kräftig Luft für die nächste Anfeuerung. »Komm. Und noch mal, Sina: pressen-pressen-pressen-du-kannst-es-gut-soweiter-weiter-weiter-ja-ja-ja-genau-und-weiter-weiter-weiter-so-ist-gut-so-ist-gut-ja-ja-noch-ein-bißchen-noch-ein-bißchen-noch-ein-bißchen.« … Ich halte Sina den Rücken, wenn sie sich aufbäumt zum Drücken, zum Brücken, zum Zücken, zum Glücken, zum Pressen, zum Messen, zum Nässen. Dann, mit viel Tamtam ist das Kind da. Ein Mädchen. Wir nennen es Viktoria.

Völlig erledigt. Ich steige auf den Sattel meines Fahrrades und stoße mich mit den Füßen ab. Ich bin weit in der Nacht. Und radele nach Hause. Verlasse das Krankenhaus, verlasse Sina und das Kind. Unser Kind. Ich muß schlafen, Kraft tanken, einen Schnaps trinken. Oder zwei.
Und ich muß etwas essen, denke ich, als ich die Küche betrete. Der Rest der Familienpizza. Liegt da in Unwissenheit. Weiß nicht, daß sich ihr Verdauer nun endgültig legitimiert hat. Ich esse, ich kaue, ich kann nicht mehr. Lange Zeit gelingt es mir erneut, an gar nichts zu denken. Dann aber fällt mir Bauknecht ein.
Wie wir letzte Woche Donnerstag im Park saßen, er auf einen Zweig zeigte und sagte: »Wenn es einen Gott gibt, wird sich gleich dieser Zweig bewegen.« Und er bewegte sich. Wir waren zu betrunken für irgendeine Reaktion, nahmen das, was geschah, einfach als gegeben hin. Waren in der Klugheit des Rausches. Das fällt mir jetzt ein, jetzt und hier, in der Küche, Familienpizza kauend. Einen klaren Gedanken, denke ich. Gib mir einen klaren Gedanken.

Kraft der Seele. Der Fleischgeist spannt sich ummantelnd um und unter, hält sich an den Knochen, am Gerippe, das wir in uns tragen, wenn wir leben. Die Seele erhebt den Menschen nicht über den Leib, sondern erniedrigt ihn unter den Leib, unter den Unterleib. Jede Zeugung gerät so zu einer schmut-

zigen Angelegenheit, die bereinigt werden muß, die blitzblank herausgeputzt werden muß, die bescheinigt werden
muß, gerät zu einem Schein, der vereinigt werden muß. Jede
Zeugung ist eine Beugung unter die Knechtschaft unrecht-
schaffenden Fleisches. Und jede Zeugung schafft einen,
schafft einen tatsächlichen Vorgang, klar vermerkbar, einen
Beweis für den Verschleiß von Erbmasse. Durch diese hohle
Gasse mußt du lallen mit deinen Spermien und fallen, am
Tresen spricht es Welt = Bude.

Kraft der Seele. Psychoneuroimmunologie. Wenn du dich so
gut fühlst, daß du gar nicht krank werden kannst. Wenn der
Himmel sich in deiner Vorstellung versiebenfacht, und der
siebte deiner ist, kann dir nichts mehr passieren. Lachen ist
gesund, spiegelglatte Oberfläche, von der perlt, was tropft.
Doch ohne Einbruch keine Tiefe und ohne Tiefe keine Höhe,
also Krachen ist Befund. Also ab in den Abgrund. Verdunke-
lungsgefahr.

Kraft der Seele. Das Gewissen bekommt den Genickschuß
und wird im Massengrab verscharrt. Vorher gibt's Schnaps,
dabei gibt's Schnaps, danach gibt's Schnaps. Das Gewissen
steht im Weg. Gewissensbißwunden: es tut mir leid daß ich,
ich weiß auch nicht wie, es ist mir einfach so, da konnt ich
nicht, anders ging es nicht, ich wußte keinen anderen, ich
wurde, da mußte ich, ich schuldete, da gab es keinen anderen, sodaß ich keinen anderen. Und das ist gut so. Und sah,
daß es gut war. Und gut bleiben sollte. Amen ist Omen.

Kraft der Seele. Mit Scheuklappen ins Ende. Doch auch das
Unsichtbare ist und bleibt. Es wartet mit offenem Schlund,
gierig, riemig, dauergeil. Es wartet mit verhaltener Beschei-
denheit, die es sich leisten kann, weil es weiß, was Sicherheit
ist. Sicher ist, daß gefressen und gefickt wird, was in diese Si-

cherheitszone gerät. Und dann dreht man und brät man am Spieß. Einzig die Vorstellung, daß man aus sich heraustritt, nein, herauswallt und wabert. So kommt Nebel in die Hölle. So kommt Substanz in die Hölle.

Kraft der Seele. Blut und Hauch, Luft und Schlauch. Lauf raus auf die Straße. Lauf weiter, lauf weg, hinter dir kommt das Nichts, das nicht nur nichtet, sondern außer dem auch nichts gewesen ist. Kein Lauf nicht, keine Straße nicht, kein Schlauch nicht, keine Luft nicht, kein Hauch nicht, kein Blut nicht.

Kraft der Seele. Die vorverurteilte Frau mit Vorurteilen. Der nachtschichtige Mann mit Nachsicht. Zwangsverheiratet. Knechtschaft, geknebelte Lebensläufe, hier plappert und schnattert, was verpufft. Da kreucht und fleucht, was die Genetik verseucht. Wenn die Umwelt als minderwertig, als wertlos angesehen wird, ist sie Dreck. Wenn hier Dreck verreckt, dann verreckt hier kein Dreck, weil kein Krümelchen Dreck in einer Dreckswelt verrecken kann.

Kraft der Seele. Aus sich. In sich. Um sich. Über sich. Unter sich. Der Boden unter den Füßen.